# 당신이
# 스토리텔링이다

*You are a storytelling!*

# 당신이 스토리텔링이다

*You are a storytelling!*

'나'의 역사를
스토리텔링하라!

이미향 지음

생각나눔

들어가는 말

# 이야기의 힘

삶은 한 편의 이야기다.

살아간다는 것은 너와 나, 그리고 우리가 서로 얽히고설키며 많은 일을 경험하고 공유해가는 과정이다. 이것은 등장인물들이 서로의 관계 속에서 갈등하고 화해하며, 사건을 만들고 해결해 나가는 이야기와 무엇이 다르겠는가? 그렇기에 우리의 인생은 곧 '이야기'요, '이야기'는 바로 우리네 인생의 축소판이다.

2011년 일본에서 대지진이 났을 때 '기타노 다케시'가 이런 말을 했다. "이 사건은 2만 명이 죽은 단일한 사건이 아니라, 한 사람, 한 사람이 죽은 사건이 2만 개 있었다. 2만 번이나 사건이 일어난 것이다."

이렇듯 모든 사람은 자신의 삶에 각각의 이야기가 있다.

바야흐로 스토리텔링 시대다.

'스토리텔링'이라고 하면 대다수 사람들은 어렵게 생각하지만,

이 책의 이야기는 쉽게 풀었다. 이야기의 소재를 멀리서 가져오지 않고, 일상에서부터 출발하였기에 우리에게 친숙할 수 있다. 교훈적인 짧은 동화나 감동을 주는 신문기사, 때로는 낯익은 이웃들의 사연을 통해 이야기를 전개했다.

이 책은 고단한 일상에 지친 현대인들의 마음을 위로해 줄 수 있다고 자부한다. 일반인들이 쉽고 재미있게 공감할 수 있도록 한 편 한 편의 스토리를 엮어 놓았다.

이 책에는 나에게 영감을 준 사람들의 '보석 같은 인생 이야기'가 가득하다. 책에서, 연단에서 보고들은 이야기, 겪고 느낀 이야기들을 갈무리하여 담았다. 다양한 삶을 응원하는 따뜻한 목소리와 고통받는 이들을 위로하는 정겨운 속삭임, 그리고 나이 들었다고 포기하려는 이에게는 용기를 주는 활기찬 메아리를 담았다. 결국 이야기와 사람, 사람과 이야기의 힘으로 마지막 장까지 희망차다.

1부– 당신의 삶을 이야기하라!

2부– 아프지 않으려면 통(通)하라!

3부– 노년이여, 더욱 행복하시라!

이렇게 3부로 구성되어 있으며 각각 8~10가지의 이야기가 펼쳐진다.

총 28개의 주제에 맞는 28개의 사진을 곁들였다.

> 내게 이야기를 말해다오.
>
> 이 열광의 순간, 열광의 세기에 이야기를 말해다오!
>
> 아득한 거리에 있는 별빛의 이야기를.
>
> 그 이야기의 이름은 시간, 하지만 그렇게 부르지 말고 심연의 기쁜 이야기를 말해다오!
>
> – 로버트 펜 워런

이 책이 세상에 나올 수 있도록 원고를 기꺼이 받아주신 이기성 편집장님, 좋은 책을 만들기 위해 정성을 다해 주신 '생각나눔' 출판사 여러분에게 깊은 감사를 드립니다. 아울러 이 이야기에 아름다운 힘이 되어준 가족과 친구, 그리고 내 영혼에 문을 두드려준 모든 사람들과의 인연을 기억하겠습니다.

끝으로, '나의 이야기'가 많은 사람들에게 울림이 되어 더 행복해지고 더 풍요로워지기를 간절히 바랍니다.

2018년 봄

이 미 향

● CONTENTS

## 제2부

# 아프지 않으려면 통通하라!

제3부

## 노년이여, 더욱 행복하시라!

# 제1부

# 당신의 삶을 이야기하라

**Creative writing** and storytelling

*You are a storytelling!*

삶은 한 편의 이야기다

01
STORYTELLING

# '이야기 본능'을 깨워라!

셰익스피어가 어느 날 식당에 들어갔다.

그 식당에 있던 많은 사람이 모여와서 셰익스피어에게 정중히 인사를 했다. 그 광경을 밖에서 보던 청소부가 빗자루를 든 채 땅이 꺼질 듯이 한숨을 푹~ 내쉬었다.

셰익스피어가 그에게 물었다.

"여보시오. 당신은 왜 그렇게 땅이 꺼질 듯이 한숨을 쉽니까?"

그때 청소부가 대답했다. "나도 같은 남자인데 선생은 그렇게 존경의 대상이 되고, 나는 이처럼 한 끼의 밥을 얻기 위해 온종일 이 마당을 쓸고 있으니, 내 처지가 참으로 한심스러워 그럽니다."

이때 셰익스피어는 그 청소부를 향해 말했다.

"그대 친구여, 한탄하지 마시오. 그대는 지금 신이 지어 놓으신 이 세계의 한 모퉁이를 깨끗하게 하고 있는 것이라오. 그대가

감당하지 않으면 신이 지어 놓으신 이 지구의 한 모퉁이는 더러워질 것이오."

이야기도 어쩌면 빗자루 같은 것인지도 모르겠다.

마음 한 모퉁이에 쌓여있던 세상의 찌꺼기를 청량하게 씻겨주는….

마음이 울적할 때는 가슴으로 이야기 추억 여행을 떠난다.

아주 오래전 충북 제천 '성림 어린이집'에 일주일에 한 번 '이야기 아줌마'가 커다란 그림책을 들고 오셨다. 지금으로 치면 '동화 구연가'였다.

한 아이가 "이야기 아줌마 오신다!"라고 크게 외치면 우리는 맨 앞줄에 앉으려고 후다닥 모여들었다. 그리고 이야기 아줌마가 자리를 잡으면 우리는 꽃잎 같은 작은 손으로 손뼉을 치며 시그널송을 불렀다.

"부엉 부엉새가 우는 데
부엉 춥다고서 우는 데
우리들은 어린이집에
모두 옹기종기 앉아서
옛날이야기를 듣지요."

노래가 끝나고 드디어 마법의 주문이 걸린다.

"옛날 옛적에 토끼와 호랑이와 살았는데…."

우리는 상상의 나래로 여행을 떠났다. 신나게, 아주 신나게, '아름다운 이야기 속'으로 들어갔다. 나는 공주도 되고, 선녀도 되고, 곰도, 토끼도, 만나 놀았고…, 때론 여우와 호랑이가 무서워 도망치기도 하였다.

나는 어릴 적부터 이야기 듣는 것을 매우 좋아했다. 소극적이고 수줍음이 많았던 나는, 말하는 것보다 듣는 것이 훨씬 편하고 좋았다. 이야기를 들으며 그 환상 속에서 울고 웃으며 행복했다. 아름다운 나의 유년 시절은 그렇게 아직도 기억 속에 고스란히 남아 있다. 그리고 그 기억 속에 '이야기'가 있다. 이 '이야기'가 요즈음 일상에서 흔히 접할 수 있는 이야기(스토리텔링)의 한 전형이다. 우리는 태어나면서부터 옛날이야기를 들으며 자랐고, 텔레비전, 영화, 수많은 광고를 통해 다양한 형식의 이야기를 만났고, 만나고, 만날 것이다.

40여 년이 지난 지금 나는 '카카오 스토리'의 매력에 푹 빠져 산다. 모바일 메신저인 카카오톡과 연계된 소셜네트워크서비스(SNS: social network service)는 "인간은 사회적 동물이다."라는 말을 입증이라도 하듯이 사람과 사람이 자유롭게 소통하려는 본능을 자극한다. 어쩌면 소소한 일상을 드러내어 타인들로부터 인정받고자 하는 욕구가 내 안에 있으며, 나의 정체성과 존재감을 온라인상에서 확인받고 싶은 것인지도 모른다. 어쩌면 무척이나 좋아했던 옛날이야기의 현대적 변형인지도 모르겠다.

내가 카카오 스토리에 빠져있는 이유 중의 하나는 현란하게 움직이는 영상물 때문이 아니라, 실시간 움직이는 사람들의 '이야기'가 궁금하기 때문이다. 나는 스토리텔링 기법으로 강의를 하는 16년 차 강사다. 내 카카오 스토리에는 강사로서 일하는 모습, 내가 만난 사람들, 자잘한 일상에서의 느낌, 생각, 그리고 재미있는 이야기들이 있다.

또 댓글을 주고받는 재미는 더할 수 없는 기쁨 중의 하나이다. 실시간으로 일상을 남기는 이 일은, 나에겐 큰 '삶의 의미'가 되었다. 때론 이야기를 주고받는 과정에서 사람들과 기쁨과 아픔을 함께 나눈다. 때론 위로받고 격려도 해주며, 내 삶의 방향을 찾아가기도 한다.

가다머(gadamer)가 말했다.

"'의미'란 너와 내가 만나서 이야기하는 가운데 만들어지고 드러나는 것."이라고. 우리는 '의미' 있는 인생을 살고 싶은 욕구를 가지고 있다. SNS라는 공간 속에서 주고받는 이야기는 가다머의 말처럼 나의 의식을 선명하게 가꾸어 준다.

왜 우리는 페이스북이나 트위터에서 카스에서 시시콜콜한 자기 이야기를 올리는 데 몰두하고 즐거워할까? 왜 우리는 텔레비전, 영화 연극을 보면서 픽션의 세계에서 울고 웃을까? 왜 우리는 밤이 늦도록 술자리에서 사람들을 만나 자신의 이야기를 할까? 그것은 우리에게 '이야기 본능'이 있기 때문이다.

나는 언제나 어느 곳에서나 이야기를 찾아 돌아다닌다. 수첩과 볼펜을 가지고 이야기 사냥꾼이 되어 돌아다닌다. 이야기 더듬이를 세우고. 그래, 사자성어가 있다. "적자생존: 적는 자야말로 생존한다." 비록 내 멋대로 다르게 해석한 말이지만, 내 생활의 모토로 삼고 있다.

어느 날이었다. 그날도 나는 이야기 더듬이를 휘젓고 다니다가 우연히 신문에서 흥미로운 기사를 읽게 되었다. 미국 하버드대 뇌 과학 연구팀이 자기 자신에 대해 이야기를 할 때 우리 뇌는 음식이나 돈, 섹스로 인해 쾌감을 느낄 때와 같은 자극을 느낀다는 연구 결과를 전하는 내용이었다. 사람들은 자신을 드러내고 싶어 때로는 자기 수익의 17~25%를 포기한다는 내용도 있었다.

영국의 여류 소설가 바이어트(Byatt)는 "이야기는 호흡이나 혈액순환처럼 인간 본질의 한 부분이다."라고 말했다. 이렇듯 우리는 태어날 때부터 타고난 스토리텔러로서 이야기를 하고 싶고, 이야기를 듣고 싶은 욕구를 가지고 있다. 그래서 우리는 우리의 삶 속에서 끊임없이 이야기를 통해 에너지를 전달하고 전달받는 것이다.

이야기는 뜻뿐만 아니라, 이야기의 처음과 가운데와 끝이 서로 얽히며 잇달아서 뚜렷한 줄거리를 이룬 말이다. 우리가 세상에서 살아간다는 것은, 너와 나 우리가 서로 얽히며 많은 일을 경험해 가는 과정이다. 이것은 이야기의 서로 얽히는 세계와 비슷하다. 그렇기에 우리의 인생은 '각각의 이야기'이다. 이 각각의 이야기를 잘 풀어가는 자야말로 매력 있는 사람이 된다.

끌리는 모든 사람에게는 반드시 그들만의 '이야기'가 있는 것은 그러한 이유에서다. 자, 이제 몇 가지 질문을 당신에게 던져보겠다.

당신은 당신만의 이야기를 가지고 있는가?
당신은 그 이야기를 잘 만들어가고 있는가?
당신의 인생 이야기는 건강한가?
당신은 그러기 위해 어떤 노력을 기울이고 있는가?

나의 삶은 나의 역사이다. 나의 역사는 곧 나의 이야기이다. 나의 이야기는 나의 과거와 현재, 미래를 보여준다. 내가 어디에서 왔으며, 어디에 있으며, 어디로 가고 있는지를 말해준다.

시인 로버트 팬 워렌은 이렇게 노래했다.

내게 이야기를 말해다오.
이 열광의 순간, 열광의 세기에 이야기를 말해다오!
아득한 거리에 있는 별빛의 이야기를.
그 이야기의 이름은 시간, 하지만 그렇게 부르지 말고
심연의 기쁜 이야기를 들려다오!

이제, 당신 이야기의 본능을 깨울 시간이다.
숨을 죽이고,
눈이 반짝 빛나며,
귀를 쫑긋 세우게 만드는,
가장 강력한 일곱 개의 단어.

**자! 이제, 내가 너에게 이야기 하나 해줄게!**

# You are a storytelling!

삶은 한 편의 이야기다

02
STORYTELLING

# 경청은 사랑이다!

### 만약 내가

– 에밀리 디킨슨

만약 내가
한 사람의 가슴앓이를 멈추게 할 수 있다면
나 헛되이 사는 것은 아니리
만약 내가
누군가의 아픔을 쓰다듬어 줄 수 있다면,
혹은 고통 하나를 가라앉힐 수 있다면,
혹은 기진맥진 지친 한 마리의 물새를 둥지로 돌아가게 할 수 있다면,

나 헛되이 사는 것이 아니리.

세계 1위 하는 것을 참 좋아하는 대한민국이다.

OECD 자문관인 수전 오코노 박사는 한국의 정신 건강 시스템 전반을 다룬 평가 보고서에서 한국은 '정신적 고통이 만연한 나라'라고 진단했다.

낙태율, 음란지수, 이혼율, 성형수술, 사치품 소비율, 매춘(네덜란드의 4배), 자살률….

이 중에 가장 심각한 문제는 '자살률'이다.

우리나라는 OECD 회원국 가운데 2003년부터 13년째 자살률 1위라는 오명을 계속 이어가고 있다. '대한민국은 자살 공화국'이라는 말이 어제오늘의 이야기가 아니다.

최고의 인기를 누리던 연예인의 자살, 돈과 지위를 다 거머쥔 듯한 대기업 임원의 자살, 권력과 명예를 가진 유명한 정치인의 자살, 생활고를 비관한 자살 등등.

자살은 한 사람의 죽음으로만 절대 끝나지 않는다. 보건복지부 산하 중앙 심리 부검 센터가 지난해 스스로 목숨을 끊은 121명의 유가족을 상담 조사한 결과, 자살자의 절반가량(49%)은 그전에 자살을 시도했거나 실제 자살한 가족이 있었던 것으로 나타났다고 한다. 그리고 미국의 정신 건강 전문가 오드라 니퍼 씨의 연구 논문에 의하면 한 사람의 자살이 혈연관계, 연인, 친구, 동료, 경찰관과 소방관까지 그 주변인 최대 28명에게 영향을 미친다고 한다.

지금 우리 사회는 매우 아프다. 벼랑 끝에서 울고 있는 사람들이 너무나 많다.

2년 전, 3월의 어느 화창한 날에 있었던 일이다.

인천에 있는 한 도서관에서 '부모의 건강, 아이의 행복'이라는 주제로 부모 교육을 하게 되었다. 신축한 지 얼마 되지 않은 도서관이라 외관이 환했고, 실내는 아기자기한 소품들이 눈길을 끄는 공간이었다. 2층 세미나실에서 스무 명의 어머니들과 소통의 시간이 시작되었다.

"안녕하세요? 이 세상에서 미소가 멋지고 향기 나는 이야기를 전하는 스토리텔러 이미향입니다."

여느 때와 똑같이 밝게 인사말을 건넸는데, 분위기와 상반되는 어두운 표정과 불안한 눈빛으로 나를 쳐다보는 사람이 눈에 띄었다.

강연이 한창 진행되고 있는데, 훌쩍훌쩍 흐느끼는 소리가 들려왔다. 바로 그 사람이었다.

'뭔가 마음 아픈 일이 있는 분이구나.'라는 생각이 들었다.

우울증에 걸려 힘들었던 나의 이야기를 할 때는 아예 소리까지 내면서 울었다. 순간 너무나 당황스러워서 검지를 입에 대고 이따가 이야기를 나누자는 손 사인(sign)을 보냈다.

드디어 긴 강연을 마쳤을 때 그 사람(윤희라, 가명)은 벌겋게 상기된 얼굴로 다가오며 "머… 머…, 명함 주세요." 하며 말까지 더듬었다. 명함을 건넸더니, 받자마자 쏜살같이 밖으로 나가셨다.

그 후로 딱 1년이라는 시간이 흐른 뒤, 서울에 있는 도서관에서 '부모의 건강, 아이의 행복'이라는 같은 주제로 부모 교육을 하기로 한 날. 일찍 도착해 차 안에서 원고를 들여다보고 있는데 핸드폰이 울렸다.

"흐흐흑! 선생님, 저 좀 살려주세요." 울음 섞인 다급한 목소리가 들려왔다. 그 울음소리만으로도 '윤희라' 씨라는 것을 직감하였다.

나는 그때부터 1주일에 한 번씩 그녀를 만나 아픈 사연들을 듣게 되었다. 1년 전에 나를 처음 만났을 때는 우울증 치료를 받는 중이었고, 지금은 의사와 의견충돌이 생겨 치료를 중단한 상태인데, 증세가 더 심해져 극단적인 행동을 시도한 적도 있다고 털어놓았다.

어린 시절부터 결혼하기 전 30세까지 지속된 어머니의 학대가 원인인 듯했다. 화내고, 욕하고, 때리고 발로 밟고…. 오랫동안 이어지는 지옥 같은 시간들이 트라우마를 형성하게 된 것이다. 어머니와의 관계에서 그녀의 상처받은 '내면 아이'의 울음은 멈출 줄 몰랐다. 결혼은 했지만, 시시때때로 찾아오는 어머니의 환상과 환청으로 인해 계속 두려움에 떨고 있었다. 아무런 의욕이나 의지가 없고 심리적 공황상태에 놓여 있었다.

나는 그녀가 내민 손을 잡았다.

그리고 그녀 가슴 속 깊이 박힌 쓴 뿌리에서 뻗어 나오는 쓰디쓴 이야기를 들어주었다. 경청은 사랑이다!

폭우처럼 쏟아내는 말을 들으며 내가 한 말이라고는 고작 "아이고! 얼마나 놀랐을까?"/ "얼마나 아팠을까?"/ "아! 정말 희라 씨의 어머님 너무 하시네."/ "그 마음 저도 알아요."라며 맞장구를 쳤을 뿐이다. 그런데 희라 씨는 조금씩 변해갔다.

마음의 안정을 찾기 시작했고, 가끔 희미하게나마 웃는 모습도 비췄다. 희망의 빛이 서서히 우리에게로 오고 있었다. 봄기운이 완연한 하루였다.

그러던 어느 날, 전화를 해서 "선생님, 저 여기 어딘 줄 알아맞혀 보세요. 호호! 샐러드 뷔페식당이에요. 저 혼자 왔어요. 두 달 전에는 죽으려고 안 먹었는데, 이제는 살겠다고 이렇게 먹고 있네요."

두 달 만에 희라 씨는 기적처럼 다시 일어났다. 그 길었던 울음을 멈추고, 이제 환하게 미소 지었다. 나는 다시금 확신했다. 누군가의 이야기를 들어주는 것만으로도, 치유가 이루어진다는 것을.

영화 『계춘할망』에서 할머니가 손녀에게 건넸던 대사가 문득 생각난다.

"세상살이가 아무리 힘들고 지쳐도 온전한 내 편만 있으면 살아지는 게 인생이야. 내가 네 편 해줄 테니 너는 네 원대로 살거라."

그렇다. 나는 희라 씨의 온전한 편이 되어 그녀의 이야기에 공감하며 경청했다.

이제 그녀는 리본 아트를 배워서 핀과 머리띠, 그리고 코르사주 등을 만들며 그녀의 인생을 새롭게 살아가고 있다.

얼마 전 그녀가 나에게 감사의 마음을 전했다.

"이미향 선생님은 저의 마음 의사예요. 언제부턴가 엄마의 환상, 환청이 사라졌어요. 이제 저도 꿈이 생겼어요. 꿈을 이루기 위해 노력하며 재미있게 살아갈 겁니다. 선생님을 만나기 전에 약값이랑 상담 치료비랑 매달 80만 원씩 들었어요. 그런데 이미향 선생님께서는 무료로 상담해주셨지요. 더구나 칼국수랑 커피도 매번 사주셨잖아요. 저의 작은 정성이지만, 이렇게라도 보상해드리고 싶어요."

라고 말하며 무언가를 슬며시 내밀었다.

"희라 씨, 이거 도로 넣으세요. 그 마음 잘 알겠고요, 대신 저랑 약속 하나 해요. 저에게 꼭 보상하세요. 물질적인 보상 말구요. 살다 보면 희라 씨처럼 마음의 상처로 힘들어하는 사람을 만나게 될 거예요. 그때 외면하지 마시고 그 사람의 떨리는 손을 꼭 잡고 아픈 이야기를 들어주세요. 그게 저에 대한 보상이에요."

봄의 뜨락에서, 우리는 그렇게 눈물을 글썽이며 두 손을 마주 잡고 미소 지었다.

*You are a storytelling!*

삶은 한 편의 이야기다

03
STORYTELLING

# 꽃처럼 피어나는 말

쓰면 쓸수록 정드는 오래된 말
닦을수록 빛을 내며 자라는 고운 말

“사랑합니다”라는 말은
억지 부리지 않아도 하늘에 절로 피는 노을빛
나를 내어주려고 내가 타오르는 빛

“고맙습니다”라는 말은
언제나 부담 없는 푸르른 소나무 빛
나를 키우려고 내가 싱그러워지는 빛

… 중략 …

– 「말의 빛」 중에서, 이해인

미래학자들은 급변하는 21세기를 살아가는 현대인들이 갖추어야 할 세 가지 덕목을 말했다. 자신감, 전문성, 그리고 또 한 가지가 바로 스피치 커뮤니케이션이다. 어떤 일을 하든지 '잘 말하는 것'은 필수적인 소양이라고 할 수 있다. 물론, 진실성 있는 말을 잘해야 할 것이다.

세상에는 말이 넘쳐나고 있다. 우리는 말의 바다에 살고 있다. 그러나 물속에 사는 물고기가 물의 중요성을 미처 깨닫지 못하는 것처럼 어쩌면 우리도 말의 홍수 속에서 한마디 말의 중요성을 놓치는 경우가 있지 않을까 생각해본다. 앞으로 말이 가진 힘은 점점 강해질 것이다.

언젠가 본 책에서 나온 이야기가 생각난다.

옛날 옛적 천사와 악마가 한마을에 살았다. 천사는 사람들이 그의 이름이 부끄럽다 할 정도로 추악한 모습이었다. 그러나 악마는 너무나 아름다워서 한 번 보면 그 누구든 반하지 않은 사람이 없었다. 그렇다면 천사와 악마를 어떻게 구분할 수 있었을까? 그것은 바로 그 입에서 나오는 '말'이다. 천사와 악마는 그 외모가 아니라 사용하는 말의 차이로 구분할 수 있었다. 결국, 말이 그 사람의 인격을 규정짓는 것이라 해도 과언이 아니다. 철학자 비트겐슈터는 "언어는 만물의 척도."라고 하였으며, "인간의 사고가 곧 언어."라고 하였다. 사람의 입 밖으로 나오는 모든 말들은 그 사람의 인격이며, 그 사람의 마음과 사상을 대변하는 것이다. 더 나아가 그 사람의 전부이며, 그 사람의 브랜드가 되는 것이다. 이처럼 말은 단순히 말이 아니다. 말은 곧 그 사람의 생각이고 철학이다. 생각과 철학이 입 밖으로 표현되어 나온 것이 말이다.

얼마 전, 비가 부슬부슬 내리는 날에 있었던 일이다.

경기도에 있는 어느 교육기관에서 CEO 대상으로 '이야기로 승부하라!'라는 주제로 강의를 했다. 그날도 열정적으로 메시지를 전하고 있는데, 유독 여자 한 분이 나에게 냉소적인 반응을 보였다. 내가 내뱉는 말끝마다 '칫 칫' 소리를 냈다.

작은 소리였지만 내 귀에는 크게 들렸다. 무례한 태도에 기분이 나빴지만, 나도 그분을 외면하며 강연을 이어갔다. 2시간 동안의 강의가 끝난 후 참석했던 분들과 늦은 저녁 식사를 하게 되었다. 이날은 인천에서도 강연을 하고 왔던 터라 식사를 제대로 할 겨를이 없어서 몹시 허기진 상태였다. 일단은 참숯불 위의 돼지갈비를 폭풍 흡입한 후에 이야기꽃을 피웠다. 자연스럽게 돌아가면서 한 사람씩 내 강의에 대한 소감을 말했다.

"원주에서 이곳까지 강사님 강의 들으러 오길 참 잘했어요."

"직원들에게 연설할 때 어떻게 메시지를 전해야 할지 알게 되었어요."

"이렇게 온몸으로 강의하시는 분은 정말 처음입니다. 뜨거운 시간이었어요."

"평소에 감동이 있고 재미가 있는 강의가 좋은 강의라 생각했는데, 오늘 그런 강의를 만났네요. 두 마리 토끼 다 잡았어요"

"감동적이었어요. '이야기'가 사람들을 설득하는 도구가 될 줄 몰랐어요."

나는 내 강의에 대한 특급 칭찬들을 들으며 연신 싱글벙글했다.

이제 그 여자의 차례가 되었다. 나는 마음이 조마조마해졌다. 분명히 칭찬의 말이 나올 리 없다는 것을 짐작하고 있었다.

옆에 앉아 있던 남자의 말이 끝나자마자 "어머나! 감동을요? 저는 완전 별루던데…."하면서 콜라 한 잔을 들이켰다. 갑자기 웃고 있던 나는 너무나 창피하고 무안해졌다. 그렇지만 긴 호흡을 하고 나서 차분하게 말했다.

"그죠? 제가 많이 부족해요. 그래서 더 공부하고 더 노력하고 했어요." 그러자 한층 더 높은 목소리로 "강사님은 재미있고 쉽게 전달하는 건 맞아요. 그런데 철학적 깊이가 없어요. 유○○ 교수님 강의 들어보셨어요? 그분의 강의는 철학적 깊이가 어마어마해요. 음…. 뭐랄까? 사용하는 단어 자체가 수준이 있어요. 이미향 강사님은 수준 면에서…." 나는 얼른 말을 홱 낚아챘다.

"제가 수준이 낮나요? 그 교수님과 저를 비교하지 마세요. 저도 저만의 철학을 가지고 강의를 합니다. 태산같이 쌓여있는 지식을 어려운 말로 전달하는 것보다 티끌 같은 깨달음이라도 쉽게 전달하는 것도 나쁘지는 않잖아요? 영감을 주고 마음의 변화를 이끌어낼 수 있는 강사가 진짜 강사라고 생각해요. 대중 강연은 쉽고 재미있게 전달할 수 있어야 성공적인 것이죠. 지금 저에게 칭찬해주신 거예요."

비교적 담담하고 차분하게 내 생각을 말했지만, 격앙된 마음이 얼굴에 나타났을 것이다.

말은 고유의 힘을 가지고 있다. 바르고 긍정적으로 사용하면 받는 사람에게 꽃이 되어 내면을 환하게 비춘다. 바르지 않고 부정적으로 사용하면 설사 좋은 의도로 했다고 해도 받는 사람에게 칼이 되어 해칠 수 있다. 어쩌면 자기 자신에게도 치명상을 입힐 수 있다. "너의 입에서 나간 악은 너의 가슴으로 뛰어든다."라는 서양 속담이 있다. 정호승 시인은 "귓등으로 스친 말 한마디는 매우 짧다. 그러나 마음에 뿌린 한마디는 어떤 책보다 강한 힘을 발휘할 때가 있다."라고 했다.

흔히 사람들이 많이 쓰는 '아이고 죽겠다', '피곤해', '짜증 나', '열 받아', '못 살겠네' 등은 모두 자신의 잠재의식에서 나온 말로 언어 심리학에서는 '심층 언어'라 부른다. 따라서 이런 말들을 자주 사용하면 자기도 모르는 사이에 실제로 그 언어에 지배를 받게 된다.

말은 보이지 않는 허상이 아니다. 존재하는 실체이다. 좋은 말은 몸속으로 깊이 들어가 우리를 건강하게도 하고, 정신 속으로 깊이 들어가 맑은 영감을 주기도 하고, 마음속에 깊이 들어가 찬란한 기쁨을 주기도 한다.

말은 그냥 주어져 있는 것이 아니라 무엇인가를 이루어낼 수 있는 살아 움직이는 에너지 그 자체라고 한다. 그러니 나를 긍정적으로 변화시키기 위해서 내가 사용하는 언어를 점검해보자.

요즘 봄꽃이 한창이다. 아름다운 꽃처럼 피어나는 말을 자신에게 먼저 하자.

몸을 두 손으로 따뜻하게 감싸고 이름을 부르며, 말을 건네보자.

'미향아, 오늘도 참 애썼어. 장거리 운전하랴, 강의하랴, 밥하랴, 글쓰기 하랴 많이 힘들었지? 미향아, 고마워. 사랑해!'

*You are a storytelling!*

삶은 한 편의 이야기다

04
STORYTELLING

# 나마스테

한때 지상의 모든 인간은 신이었다. 그러나 인간들은 신적 능력을 너무 악용하고 많은 죄를 지었다. 신들의 왕 브라흐마는 인간으로부터 신적 능력을 빼앗아 다시는 악용하지 못하도록 비밀의 장소에 숨기기로 결정했다.

다른 신들이 말했다.

"신적 능력을 산속 싶은 곳에 숨기자."

그러자 브라흐마 신이 말했다.

"안 된다. 인간들은 땅을 파 내려가서 그것을 발견할 것이다."

"그렇다면 바다 깊은 곳에 가라앉히자."

"안 된다. 인간들은 어떻게든 잠수하는 법을 배워서 그것을 찾아낼 것이다."

"그렇다면 가장 높은 산꼭대기에 숨기자."

"안 된다. 인간들은 언젠가는 지구의 모든 산에 올라가 신적 능력을 다시 손에 넣을 것이다."

그러자 몇몇 신들이 말했다.

"그렇다면 신적 능력을 어디에 숨겨야 인간들이 찾을 수 없을지 모르겠다."

브라흐마 신이 말했다.

"내가 말해주겠다. 그것을 인간 자신의 내면에 숨기자. 인간은 결코 그곳을 찾아볼 생각을 하지 않을 것이다."

결국 그렇게 결정했다. 그래서 모든 인간의 마음 안에는 신적 능력의 일부가 숨겨져 있다.

– 힌두교의 전설

오늘은 5월 8일 어버이날! 강의가 없는 날이다.

오전에 남편과 아이를 일찍 보내고, 고구마를 먹으며 책을 펼쳤다. 근대 철학의 아버지 데카르트는 "모든 양서를 읽는다는 것은 지난 몇 세기 동안에 걸친 가장 훌륭한 사람들과 대화를 하는 것과 같다."라고 했다.

책을 통한 그분들과의 대화는 늘 나를 즐겁고 기쁘게 한다. 『보물섬』, 『지킬박사와 하이드』를 쓴 영국 작가 로버트 루이스 스티븐슨은 소년기와 청년기 내내 호주머니에 언제나 두 권의 책을 넣고 다녔다고 한다. 한 권은 읽을 책이고, 한 권은 글을 적을 책.

나도 외출할 때 큰 가방에 책 한 권과 노트 한 권, 그리고 연필과 색 볼펜을 넣고 다닌다. 거실, 안방, 화장실, 부엌 등 집안 곳곳에 메모지와 필기구를 꼭 놓아둔다. 언제나 적을 준비를 하는 것이다.

책을 읽다가 갑자기 나도 모르게 무릎을 '탁' 칠 때가 있다. 한 편의 이야기가, 한 문장이 내 머리를 환하게 밝혀준다. 어떤 때는 눈물이 핑 돌 정도로 감동을 주는 단어를 만나기도 한다. 그럴 때는 마치 농부가 호미로 고구마 줄기를 캐내듯 연필을 잽싸게 꺼내 들고 밑줄을 쫙 긋는다. 그리고 노트에 그대로 적은 후에, 그 순간 떠오르는 생각들도 마구 적는다. 그 글들을 바라보고 있으면 마치 내 것이 된 것처럼 마음이 그렇게 뿌듯할 수가 없다. 글자들이 내 마음같이 마구 춤을 추는 듯하다. 독서의 가장 큰 기쁨 중의 하나이다. 내 노트 무대에 제일 많이 등장하여 춤추는 단어들은 열정, 도전, 공감, 영감, 희망, 소통 등이다. 그들의 군무(群舞)는 아름답고 행복하다.

나는 요즘, 가슴 뛰는 삶을 위한 단어 수업을 하고 있다. 케빈 홀의 『겐샤이』라는 책은 읽을수록 진국이다. 작년에 읽었던 책인데 거듭 읽어도 맛있고 영양가도 담뿍 담겨 있다. 오늘 제일 먼저 밑줄 쫙 그은 문장은 "등불을 들고 타인의 길을 비춰주는 사람은 자신의 길을 더 분명히 볼 수 있다."이다. 참으로 지혜로우며 공감이 되는 말이다.

아! 오우! 와우! 캬~! 감탄사는 이럴 때 쓰라고 생겼나 보다.

또 내 눈길을 묶는 단어 하나가 있었는데, 그것은 바로 '나마스테(Namaste)' 였다. 이 단어가 반짝반짝 빛을 내며 계속 나를 따라다닌다.

나마스테는 "당신 안의 신에게 절합니다. 신이 당신에게 준 재능에 경의를 표합니다."라는 뜻이다. 온 우주가 머무는 당신 내면을 존중한다는 의미이다. 그리고 당신이 가장 잘하는 일에 존경을 표한다는 인사이다.

나마스테는 어느 누구, 어느 영혼도 예외 없이 자기만의 특별한 재능을 부여받았음을 인정하는 것이다.

오후에는 동네미용실 '가위손'으로 향했다. 목까지 내려온 머리도 잘라야 하고, 갈색 염색으로 멋을 내기 위해서다.

이 미용실에는 세 명의 헤어디자이너가 있는데, 나는 키가 작은 남성분에게 예약을 해 놓은 상태다. 나의 단골 디자이너다. 가격도 적당하고 훌륭하게 머리를 디자인하는 분이다. 그래서 이 동네 아줌마들에게 가장 인기가 좋아서 예약을 하지 않으면 안 될 정도다. 실력도 뛰어나지만, 스스럼없이 마음도 잘 통해서 이 분과 대화를 하는 것이 참 즐겁다. 염색약을 머리에 바르고, 캡을 두른 채로 기다리는 동안 우리는 많은 이야기를 나누었다.

이런저런 소소한 근황을 묻는 말들이 오고 갔다. 그리고 육개장을 잘하는 집이 송도유원지 근처에 있다는 둥, 멸치 육수를 낸 국물 맛이 끝내주는 국숫집에 갔다 왔다는 둥 먹방으로 자연스레 이어졌다. 나는 얼른 입맛까지 다시며 식당 이름과 전화번호를 메모했다.

염색을 마치고 커트를 할 차례였다. 정각 4시가 되자, 내 귀에 익숙한 오프닝 음악과 목소리가 라디오에서 흘러나왔다.

"지금부터 부모님과 다정하게 찍은 사진과 사연을 게시판에 올려주세요. 실시간 올려주는 열 분을 추첨해서 기분 좋게 상품을 쏩니다." 하며 DJ 정선희의 다소 격양된 멘트가 울려 퍼졌다.

그런데 갑자기 그의 표정이 굳어지면서 침울한 침묵이 흘렀다. 잠시 후 입을 열었다.

"고객님, 저는 부모님 생각만 하면 마음이 아파요. 어렸을 때부터 저에게 기대를 많이 하셨는데, 부모님이 원치 않는 직업을 가졌다는 이유로 저를 몹시 못마땅해하십니다. 지금 저는 제 일이 너무나 재밌고, 사람들에게 인정도 받고 즐거운데 말이죠. 손님들이 '머리 예쁘다.', '맘에 쏘옥 든다.'고 좋아하실 때는 정말 행복해요. 저에게 부모님의 존재는 따뜻하지가 않아요. 부모님과 통화하는 것조차도 힘들고 어색해요. 고구마 먹은 것처럼 숨이 탁탁 막혀요."

"아, 그런 사연이 있었네요. 부모와 소통이 안 되니 많이 힘들겠군요. 선생님의 일에 대한 실력, 태도, 자부심, 이런 것들이 저에게는 너무나 멋져 보여요. 자신이 이토록 만족해하고 즐겁게 일하는 데 무슨 문제예요? 그래도, 그래도 말이에요. 부모님에게 닫혀있던 마음의 빗장을 열고 천천히 한 걸음씩 다가가세요. 자신을 드러내고 이야기하세요. 서운한 마음까지도요. 그리고 지금 하는 일이 얼마나 기쁜지 얼마나 행복한지도 꼭 말하세요."

조용히 듣던 그는 희미한 미소를 지어 보였다.

그의 어두운 표정에서 상처가 보였다. 그 불편한 상처를 가위손으로 싹둑싹둑 잘라낼 수 있다면 얼마나 좋을까? 예전 영화 『가위 손』이 생각났다. 마음이 아팠다. 그는 이야기 들어줘서 고맙다면서 서비스로 단백질 헤어팩까지 해주었다. 마침 오전에 내가 캐낸 반짝이는 단어가 생각났다.

미용실을 나서며 조금 어색하지만 "나마스테!" 하면서 인사를 건넸다. 뜻이 전달되길 바라면서…. 그는 다소 의아하다는 듯 동그랗고 맑은 눈으로 나를 빤히 쳐다보았다. 돌아오는 길에 나는 씨익 웃었다. 파란 하늘에 구름도 따라서 웃어주었다.

밤늦게 돌아온 딸 하은이가 불쑥 편지 한 통을 내밀었다. '어버이날'마다 나와 남편에게 편지를 건네는 다정한 딸이다.

"엄마, 내가 공부 못해도 재촉하지도 않고, 구박하지도 않고,

묵묵히 믿어주고 기다려줘서 고마워. 내가 원하는 대로 할 수 있게 도와주고 응원해줘서 고마워. 나는 엄마가 자랑스러워. 다음 생애에도 엄마 아빠 딸로 꼭 태어나고 싶어요. 사랑해요."

고등학생 딸을 둔 부모로서 부모 교육을 하는 나는, 웨인 다이어가 한 명언을 힘주어 말한다.

"우리는 아이들에게 유일하게 마음대로 할 수 있는 것이 자신의 내면세계며, 생각하고 느끼고 행동하는 모든 것은 통제할 수 있다는 것을 알게 해야 한다. 자신의 내면세계를 통제할 수 있다는 인식과 믿음이야말로 부모가 아이에게 줄 수 있는 궁극적인 자유다."

또한, 부모 자신의 내면을 들여다보고 말을 건네라고 주문한다. 내 가슴을 뛰게 하는 것과 세상이 필요로 하는 것이 만나는 교차점을 발견하는 것은 우리의 사명을 깨닫게 하는 데 큰 도움이 될 수 있다. 하지만 이 말이 우리에게 얼마나 힘든 일인지 누구보다도 잘 알고 있다.

그래도, 그래도 끝까지 그 끈을 놓지 말아야 할 것이다.

> 내가 무엇을 잘할 수 있는가?
> 무엇을 할 때 가장 신나고 재미있는가?
> 열정을 쏟아부을 수 있는 일이 무엇인가?
> 내 가슴을 가장 뛰게 하는 것은 무슨 일인가?

인문학 열풍이 불고 있다. 문(文)이란 글자는 원래 '무늬'라는 뜻이라 한다. 그래서 인문(人文)은 사람이 그리는 무늬이다. 어떤 사람은 자신의 무늬를 그리고, 어떤 사람은 남의 무늬만 따라서 그리다가 만다.

내가 잘할 수 있는 것, 신나고 재미있는 것, 내 가슴을 뛰게 하는 것, 열정을 쏟아부을 수 있는 것, 그것을 찾는 것이 나마스테의 핵심이다.

*You are a storytelling!*

삶은 한 편의 이야기다

# '나'의 가치

**1훈 불아불아(弗亞弗亞)**

하늘로부터 온 아기의 생명을 존중하는 의미.

**2훈 시상시상(恃想恃想)**

아기의 몸에 우주가 있으니 우주의 섭리에 순응하라는 의미.

**3훈 도리도리(道理道理)**

천지만물이 하늘의 도리로 생겨났으니 이에 맞게 살라는 의미.

**4훈 지암지암(持闇持闇)**

혼미한 것을 두고두고 헤아리며 가려서 파악하라는 의미.

5훈 곤지곤지(坤地坤地)

땅의 이치를 본받아 음양의 조화를 이루며 덕을 쌓으라는 의미.

6훈 섬마섬마(서마서마: 西摩西摩)

몸을 연마해 옳은 일을 행하며 독립적으로 살라는 의미.

7훈 어비어비(업비업비: 業非業非)

이치에 맞지 않는 행동을 삼가라는 의미.

8훈 아함아함(亞含亞含)

두 손으로 '아' 자를 이루어 아기가 작은 우주임을 알리는 의미.

9훈 작작궁 작작궁(作作弓 作作弓)

손바닥을 맞부딪쳐 천지의 조화를 꾀하고 하늘의 이치를 알라는 의미.

10훈 질라레비 훨훨(지나아비 활활의: 支娜阿備活活議)

어떤 질병도 오지 않고 훨훨 날아가 활기차게 자라라는 의미.

– 단동십훈(檀童十訓)

오늘은 거룩한 주일.

11시에 예배를 드리고 나서 점심을 먹기 위해 6층 교회 식당으로 부리나케 올라갔다. 1시부터 영·유아를 둔 부모를 대상으로 강의를 하는 날이라서 마음이 급했다. 식판을 들고서 앞줄에 섰는데, 내 또래 집사님이 밥을 퍼주다 말고 한마디 한다.

"야! 이미향, 너 오늘 식당 봉사인 거 몰라? 너도 설거지해야지. 너는 왜 자꾸 빠지냐?"

순간, 나는 너무나 당황스럽고도 민망했다.

"응. 남편이 대신하려고 했는데, 얼마 전에 허리 시술을 받아서 오늘은 못하게 됐어. 그리고 나는 교육 봉사하는데, 식당 봉사까지 꼭 해야 되냐?"

내 입에서도 톡 쏘는 소리가 나왔다.

"참 나! 교육 봉사한다고 설거지도 않는다는 게 말이 되냐?"

거세게 받아치는 목소리를 듣는 순간 눈물이 핑그르르 돌았다.

그렇지 않아도 어젯밤, 담양에서 집으로 돌아오는 고속도로에서 차가 고장이 나는 바람에 간신히 새벽에 귀가해서, 오늘 강의 준비로 밤을 새우다시피 했던 터라 설움이 북받쳐 올랐다. 나름대로 소명의식을 가지고 가치 있는 일을 하고 있다고 생각해 왔는데….

점심을 뜨는 둥 둥 마는 둥 하고 교육장으로 향했다. 나름대로 열심히 애쓰는 나의 노력을 몰라주는 것이 너무 서운하여 발걸음이 무거웠다.

오늘은 단군 시대부터 구전되어 내려온 우리 민족의 '단동십훈(檀童十訓)'이라는 전통 육아법에 관한 내용으로 강의를 했다. '단동십훈'은 태어나서 만 1세까지의 육아법으로, '단군왕검의 혈통을 이어받은 배달의 아이들이 지켜야 할 열 가지 가르침'이라는 뜻이다.

예전에 할머니나 어머니들이 아기를 안고 달래며 운율감 있게 이 열 가지 동작과 노래를 흥얼거렸다고 한다. 아마도 연세가 좀 있는 분이라면 그 일부라도 접해 보았을 것이다. 이것은 천심(天心)을 고스란히 간직한 어린이들에게 동작으로 재롱을 부리게 하는 독특한 교육인데, 요즘에는 거의 잊혀 가는 것이 안타깝다. 앞부분만 간략하게 요약하면 다음과 같다.

첫째, '불아불아(弗亞弗亞)'는 어린이의 허리를 잡고 세워서 좌우로 기우뚱기우뚱하면서 '부라부라'라고 한다. 弗은 하늘에서 땅으로 내려온다는 뜻이고, 亞는 땅에서 하늘로 올라간다는 뜻이니, '불아불아'는 사랑으로 땅에 내려오고, 신이 되어 다시 하늘로 올라가는 무궁무진한 생명을 가진 어린이를 예찬하는 뜻이란다.

둘째, '시상시상(詩想詩想)'은 어린이를 앉혀놓고 앞뒤로 끄덕끄덕 흔들면서 '시상시상' 하고 부른다. 사람의 형상과 마음과 신체는 태극과 하늘과 땅에서 받은 것이므로, 사람이 곧 작은 우주라는 인식 아래 조상님과 신의 뜻에 맞도록 순종하겠다는 것을 나타내는 뜻이라고 한다.

셋째, '도리도리(道理道理)'는 머리를 좌우로 돌리는 동작으로 천지에 만물이 무궁무진한 도리로 생겨났듯이 너도 도리로 생겨났음을 잊지 말라는 뜻이며, 대자연의 섭리를 가르치는 뜻이라고 한다.

1시간 동안 열성적으로 강의를 하고 나니 식당에서의 서운했던 감정이 말끔하게 씻겨 나갔다. 식당에서 봉사하는 손길과 교육장에서 강의하는 숨결이 모두 가치 있고 소중한 일인데…. 어쩌면 교육 봉사한다는 명목으로 다른 사람에게 더 많은 일을 떠넘기는 것이 아닌가 하는 생각도 들었다. 그 친구에게 미안한 마음도 슬며시 들었다.

2층 야외커피숍에서 편안하게 구두를 벗어 놓고, 늦가을의 정취와 사념에 빠져 한동안 멍하게 앉아 있었다. 투명한 가을 하늘이 눈부시다.

문득 서정주 님의 「국화 옆에서」라는 시가 떠올랐다.

"한 송이의 국화꽃을 피우기 위해

봄부터 소쩍새는

그렇게 울었나 보다….”

한 송이 국화가 피기까지도 수많은 인연과 아픔이 있는데, 태곳적부터의 핏줄로 면면히 이어져 태어난 우리 인간은 얼마나 가치 있는 존재인가? 생명 탄생의 신비와 그 목숨이 피어나기까지의 우주 삼라만상의 작용은 그 얼마나 위대한가?

내가 마치 '머언 먼 젊음의 뒤안길에서/ 인제는 돌아와 거울 앞에 선/ 내 누님같이 생긴 꽃' 같은 이미지로 떠올랐다. 젊은 날의 시행착오와 방황과 인고(忍苦)를 거치고 난 후 성숙한 중년 여인 같은 국화. 자신의 가치는 외부로의 확장도 중요하지만, 거울 앞에서 자아를 성찰하고 내면을 가다듬는 것도 중요하리라.

그런데 멀리서 박 집사님이 나를 알아보고 허겁지겁 달려온다.

그러고는 봇물 터지듯 온갖 말들이 그녀의 입에서 쏟아져 나왔다. 도저히 믿기지 않는 말들이 꼬리를 물었다. 10여 년 동안 남편의 폭력으로 인해 온몸은 늘 보라색 피멍으로 가실 날이 없었다고 했다. 그녀는 불안, 무력감, 자괴감, 분노, 경멸감에 휩싸여 있었었다. 고요히 상념에 빠져 있던 나는 거친 물결의 소용돌이에 함께 휩쓸려 들어가는 듯했다.

2시간 동안 그 기막힌 사연들을 경청하면서 세상에는 좋은 인연만 있는 것이 아니라 악연(惡緣)도 있다는 것을 새삼 느꼈다.

인간의 존재 가치에 대해 고통스러운 의문이 밀려왔다. 그리고 이 지옥에서 벗어나는 방법을 함께 찾아보자고, 도와주겠다고 약속했다.

나는 어느 책에서 읽은 이야기가 생각났다. 어느 교수님이 학생들 앞에서 5만 원짜리 지폐를 손으로 구기고 발로 밟은 후 이것을 누가 갖겠냐고 했을 때, 학생들은 서로 그것을 달라고 했다. 구겨지고 더럽혀진 5만 원짜리 지폐일지라도 그 가치는 변하지 않는다는 것을 잘 알고 있는 것처럼 '나'의 존재 가치도 아무리 내팽개쳐지고 나동그라져도 전과 다름없이 소중한 것이라는 이야기.

헤어질 때 그녀가 말했다.

"하나님께서는 저를 이 세상에 사랑받으라고 태어나게 하신 거죠? 저도 소중한 사람이지요?"

"그럼요, 그럼요. 저도 저만의 체험으로 얻은 교훈이 있어요. 어둠을 알지 못하면 밝음을 모르고, 나쁜 것을 알지 못하면 좋은 것이 무엇인지 모르고, 외로움의 고통을 느끼지 못하면 사랑을 이해할 수 없고, 슬픔을 모르면 기쁨도 모른다는 거예요. 지금의 힘들고 어려운 고난이 자신을 더 강하게 만들고, 삶을 더 풍성하게 만들 수 있어요. 그리고 집사님은 절대 혼자가 아닙니다. 어떤 상황에서도 자신이 소중한 존재라는 사실을 잊지 마세요."

혼자 돌아오는 차 안에서 나는 계속 리듬을 타며 흥얼거렸다.

"불아불아, 시상시상, 도리도리…."

마치 아기를 달래고 있듯이, 박 집사님을 안고 있듯이, 나를 추스르고 있듯이…. 차창에 희미하게 미소 짓는 박 집사님의 얼굴과 오늘 일로 조금 성장한 듯한 내 얼굴이 노래와 오버랩되었다. 나 자신의 가치를 스스로 거룩하게 생각하는 것도 주님의 뜻이 아닐까?

*You are a storytelling!*

삶은 한 편의 이야기다

06
STORYTELLING

# 메릴 스트리프의 수상 소감을 듣고

…수상 소감으로 제게 주어진 시간은 너무 짧지만, 저는 배우로서 저와 다른 사람의 삶을 경험하는 일을 해왔고, 저를 통해 관객들도 그들의 삶을 경험합니다.

또한, 여기 앉아계신 여러분을 통해 관객들은 올해 수많은 '다른 삶'을 경험했지요.

그것은 놀라운 체험이 아닐 수 없으며, 숨 막힐 정도의 열정이 깃든 작업이었습니다.

다만, 올해 저를 경악하게 한 퍼포먼스가 또 하나 있었는데, 그것은 제 가슴 속에 깊은 상처를 남겼습니다.

그 퍼포먼스는 결코 '선의'가 아니었습니다.

더러 관객을 웃게 했지요. 어떤 사람들은 그걸 보고 이가 보일 정도로 웃었답니다. 그 퍼포먼스를 연출한 사람은 다름 아닌 미국의 대통령직을 노리는 분이었고, 그는 공개석상에서 장애인이었던 한 리포터의 흉내를 냈습니다.

그는 끝내 자신보다 너무도 약한 사람에게 큰 상처를 주었지요. 저는 그 장면을 보고 너무 마음이 아팠습니다. 그리고 여전히 그 끔찍한 장면은 제 머릿속에 남아 있었습니다.

유감스럽게도 그것은 영화 속 장면이 아닌 현실에서 실제로 일어난 사건입니다. 많은 권한과 큰 힘을 가진 사람이 그렇지 못한 상대에게 굴욕감을 안긴 사건이었습니다.

그런 일들이 공개적으로 자행될 때 그것은 일반에게 '그렇게 해도 괜찮다.'는 일종의 메시지를 심어놓습니다.

하지만 무례함은 무례함을 낳고, 폭력은 또 다른 폭력의 원인이 됩니다. 그리고 힘 있는 자들이 그들의 권력으로 다른 사람을 억압하고 괴롭히기 위한 수단으로 사용할 때 승자는 없고, 오직 패자만 남습니다.

한 가지만 더 말씀드리지요.

예전, 힘든 촬영 도중 토미 리 존스와 함께 저녁 식사를 하다가 들은 얘기 하나가 생각납니다. 당시 저는 배우 하기 힘들다고 불평을 늘어놓고 있었는데요, 대뜸 토미는 저에게 "메릴, 정말이지 우리가 배우로 먹고산다는 게 엄청난 특권이지 않아?"라고 말했어요.

정말 그렇습니다. 우리는 서로에게 늘 독려해야 합니다. 배우로서의 특권과 함께 나와 다른 이에게 공감해야 할 우리의 임무를 말이죠.

그제서야 우리는 이 영광된 자리에 있다는 것을 진정 자랑스러워할 수 있을 겁니다.

얼마 전, 먼저 하늘나라로 간 저의 오랜 친구 레아 공주가 한 말이 기억납니다.

'마음속 상처들은 다만 예술로 승화시키기를….'

영화배우 메릴 스트리프가 74회 골든 글로브 '공로상'을 수상할 때 밝힌 소감이다.

이런 시상식은 그 자체가 하나의 스토리를 가지기에 그 의미가 매우 크다. 전 세계 많은 사람이 이 행사에 관심을 갖는 이유도 여기에 있다. 배우라면 평생 한 번 후보에 올라도 영광이라는 아카데미에서 그녀는 무려 16번이나 노미네이트되어 2번이나 여우주연상을 받았고, 골든 글로브에서는 25번 노미네이트에 7번 수상한 대배우다.

시상자가 메릴 스트리프를 호명하는 순간, 내로라하는 할리우드 배우들은 약속이라도 한 듯 모두 자리에서 일어나 그녀에게 기립박수를 보냈다. 사뿐히 걸어 나오는 우아한 자태, 마치 상을 처음 받는 사람처럼 겸손한 태도, 그녀 특유의 함박꽃 같은 미소와 벅찬 감격이 담긴 기품 있는 얼굴. 그리고 인상적인 수상 소감.

그녀는 자신에 대한 수상 소감 대신 할리우드와 미국 사회를 위해 6분짜리 연설을 했다. 나는 얼른 한글로 번역된 글을 받아 적었다. 진심을 담은 말 한 마디 한 마디는 그녀가 그동안 출연했던 작품들만큼이나 깊은 울림을 주었다.

트럼프 대통령이 장애인 기자에 대해 조롱한 것을 언급하며 잘못된 권력의 사용을 비판했다. 혐오가 혐오를 낳고, 폭력이 폭력을 낳는 사회를 바로잡기 위해서는 언론(Press)의 바른 역할도 필요하다는 점도 말했다. 특히, 배우로서의 특권과 함께 책임의식을 가지고 본인의 일을 사랑해야 한다는 점도 강조했다. 그리고 얼마 전 세상을 떠난 『스타워즈』의 '레아 공주' 캐리 피셔가 한 말을 떠올리며 그녀에 대한 추모의 말로 마무리하였다. "마음속 상처들은 다만 예술로 승화시키기를…."

이 마지막 말은 강력하게 내 머리를 쿵~ 하고 쳤다. 그리고 문득 떠오르는 단어 하나가 있었다.

"소명(calling)!"

내가 참으로 좋아하는 단어다. 목사님께서 설교시간에 자주 사용하시는 이 단어를 떠올리기만 해도 가슴이 뛴다. '소명'은 원래 '신의 부름을 받은 일'이라는 종교적 개념의 뜻이었으나, 지금은 일반적인 의미로 사용되기도 한다. 일전에 어느 강사가 이렇게 정의한 것을 들은 적이 있다. '개인적 삶의 목적을 실현하고 사회적으로 의미 있는 일'이라고.

사람들은 같은 일에 종사하면서도 일을 보는 방식과 자세가 다 다르다. 자신의 일에 의미를 부여하는 것은 개인의 믿음과 태도에 달려있다고 본다.

일을 직업으로만 보는 사람은 물질적 보상의 수단으로만 인식한다. 그러나 자기 일을 소명으로 인식하는 사람은 일을 통해 깊은 성취감을 얻는다. 아무리 동일한 조직 내에서 동일한 조건으로 동일한 직무를 담당하고 있더라도 일에 대한 태도가 사람마다 다를 수 있다. 같은 일이라도 삶 속에 일을 녹여 자신을 더욱 아름답게 빛을 수 있고, 다른 사람의 가치를 높여줄 수 있다면 참 의미가 있을 것이다.

만약 청소미화원이 자기 일을 직업으로만 삼는다면 돈을 버는 수단이지만, 소명으로 인식한다면 세상을 더 깨끗하고 건강한 장소로 만드는 데 기여한다고 여길 수 있는 것이다.

요즘 우리 아파트 실내 청소를 하시는 아주머니를 거의 아침마다 만나게 된다.

"안녕하세요?"/ "아이고 사모님(모든 성인 여자에게 다 사모님이라 호칭함), 사모님만 보면 기분이 좋아져유. 깨끗헌디를 구두 소리 내면서 가실 때, 기분이 더 좋아져유." 하신다. 그 특유의 충청도 사투리가 그렇게 정겨울 수가 없다. 덩달아 나의 기분 온도도 쭈욱 올라간다.

나는 내가 하는 이 일(강사)이 천직이라고 생각한다. 일을 하면서 매우 즐겁고 기쁘다. 내가 누구인지를 나타낼 수 있으며, 많은 사람에게 긍정의 힘을 전할 수 있고, 그리하여 가지게 되므로 나는 내 일을 사랑한다.

1월 28일에는 창원 '청춘도다리'라는 모임에서 강연을 했다. '청춘도다리'란 '청춘이여! 다시 리셋하라!'라는 뜻을 담고 있다. 젊은이들의 '꿈'을 독려하는 자기계발 모임이다. 집에서 380km나 되는 장거리이지만, 나는 혼자 운전하면서 가는 길이 참 즐겁고 신바람이 났다.

나를 초청해 준 청춘도다리의 리더 윤효식 씨는 부드러운 미소로 나를 환영해주었다.

뜨거운 열기 속에 1시간 20분 동안의 강연을 하고 마지막 멘트를 날렸다.

"어둠을 탓하지 말고, 다만 세상의 빛을 이끌고 오라!
신이 보낸 손길이 있는데 그건 바로 당신 자신이다.
Be yourself!"

그런데 갑자기 환호와 함께 모두 기립박수를 치는 믿기지 않는 광경이 펼쳐졌다. 놀란 내 가슴은 감동의 눈물을 쏟았다. 온 힘을 다한 나 자신이 더욱 자랑스러웠고, 준비해간 책도 모두 판매가 되어 무척 보람 있었다. 윤 대표님의 아름다운 부인은 유자차를 선물로 주셨다.

다음 날, 내 강연에 참석한 정금○ 님이 카카오 스토리에 장문의 강의 소감문을 올리셨고, 곧바로 친구인 송현○ 님이 댓글을 달았다.

"바로 눈앞에서 본 나는 표정 하나하나 숨소리까지도 전해졌다. 나도 모르게 꿈틀대는 뭔가가 치솟았다. 아마도 하나님이 주신 가장 큰 은혜는 그 사람을 보고 그 감정을 그대도 전해 받는 것인 듯하다. 사람의 이런 감동도 사람의 따사로운 온기라 말하고프네!

자신의 온기를 저리 감동적으로 전할 수 있다니. 참 존경스럽다.

우리도 그러하길 기도한다."

창원에서 강의 후 내 마음의 '기쁨창고'가 더욱 넘쳐흘렀다.

이 글을 쓰면서 '소명'이라는 단어를 네이버 양에게 다시 물어보았다. '천직의식'으로 해석되어 있는 부분에 눈길이 머물렀다.

비교하기에는 어림도 없지만, 배우 메릴 스트리프와 강사 이미향의 공통점은 '천직의식'을 갖고 있다는 것이 아닐까 생각해본다. 나는 스타 강사도 명강사도 아니다. 하지만 나는 천직의식을 갖고 청중의 미래를 더욱 빛나게 만들어줄 수 있는 의미 있는 강사이고 싶다.

오늘도 나는 며칠 후에 예정된 인천 문화예술인들을 대상으로 하는 강연을 준비하고 있다. 강의지도를 만들고, 쓰고, 보고, 읽고, 고치고, 녹음하고…. 소리 내어 반복, 또 반복 연습한다.

"안녕하세요? 이 세상에서 미소가 멋지고 향기 나는 이야기를 전하는 스토리텔러 이미향입니다!"

# You are a storytelling!

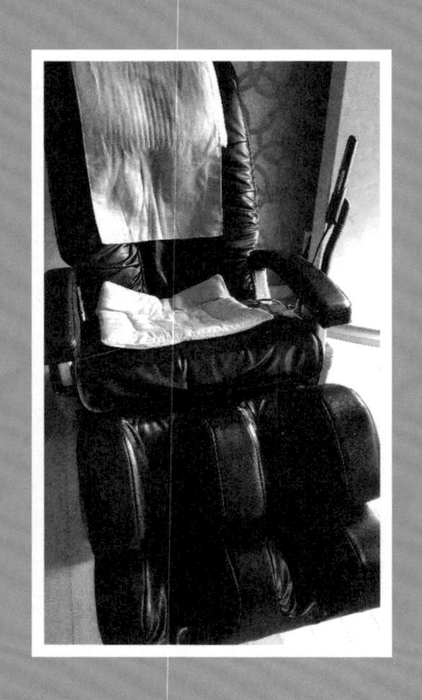

삶은 한 편의 이야기다

07
STORYTELLING

# 아버지의 의자

그 옛날 아버지가 앉아 있던 의자에
이렇게 석고처럼 앉아 있으니
즐거웠던 지난날에 모든 추억이
내 가슴 깊이 밀려들어요
언제였나요 내가 아주 어렸을 적에
아버지는 여기 앉아서 사랑스런 손길로
나를 어루만지며 정답게 말하셨죠
그리울 때 이 의자에 앉아 있으면
그때 그 말씀이 들릴 듯해요….

– 「아버지의 의자」 중에서, 정수라

아빠! 나 셋째 딸 미향이야.

내 나이 어느덧 중년이지만, '아버지'라는 단어는 아직도 너무 어색해. 그냥 늘 부르던 대로 '아빠'라고 할게. 이게 훨씬 다정하게 느껴져. 아빠도 그렇지?

아빠! 내가 올해 50이래. 아빠도 믿어지지 않지? 세월은 정말….

언젠가 아빠가 말했었지? 나이 오십을 뜻하는 '지천명(知天命)'이란 현재 자기가 하고 있는 일이 자신의 의지만이 아닌, 하늘의 섭리에 의해 이루어지고 있음을 깨닫는 나이라고 말이야. 나도 이 나이가 되니까 어렴풋이 그 의미를 알 듯 말 듯 해.

아빠!

나지막하게 부르는데 주책없이 눈물이 핑 도네. 콧날도 시큰해지고. 마음이 또 아픈가 봐….

엄마는 4차 항암 치료 받기 위해 입원 중이고, 어제는 둘째 언니, 오늘은 내가 아빠를 돌보기 위해 이렇게 찾아왔어.

조금 전에 고사리, 숙주, 그리고 대파를 넉넉하게 넣어 얼큰하게 끓인 육개장을 아빠랑 맛있게 먹었지. 아빠는 매운 음식 좋아하시잖아. 한 그릇 뚝딱 비우시니 정말 기분이 좋더라. 내 음식 솜씨는 아빠도 인정했잖아. 그치? 아빠가 딸 다섯 중에 큰 언니가 음식을 제일 잘하고, 내가 두 번째라고 늘 말했잖아. 나도 아빠를 닮아 이런 뜨겁고 매콤한 음식 좋아해. 요즘처럼 추운 날에는 이런 음식이 몸도 마음도 확 풀어주거든.

식사 후에 챙겨 먹어야 할 아빠 약이 왜 이리 많은지. 늘 신경 쓰긴 하지만, 둘째 언니가 꼼꼼하게 적어 놓지 않았으면 깜박할 정도야.

양치질을 시켜드렸더니 아빠는 아이처럼 편안히 잠자리에 드셨네.

오늘 오전에는 예배드리고, 교회에서 부모 교육하고 또 여기 와서 청소하고 밥하고….

나 오늘 참 많은 일을 해서 피곤했나 봐. 아빠가 잠들고 나서 한참 동안 안마의자에 앉아서 '두두두두' 등과 어깨를 가볍게 두들겨 맞고 시원해졌지만, 가만히 더 앉아 있는 중이야.

나는 이 의자가 참 좋아. 이 의자에는 아빠 냄새가 배어 있어. 아빠에게서만 맡을 수 있는 아빠표 특유의 냄새라고나 할까, 뭐랄까…? 바람 냄새, 연기 냄새, 나무 냄새, 그리고 세월의 냄새가 섞인 것 같은 구수한 냄새야. 어쩌면 나만이 그 냄새를 맡을 수 있을지도 몰라. 이 의자에 앉아 있으니 오래전 아빠와의 추억들이 새록새록 되살아나네.

정수라의 「아버지의 의자」라는 노래에도 "그리울 때 이 의자에 앉아 있으면 그때 그 모습이 보일 듯해요…."라는 가사처럼.

아빠의 모습이 환하게 보인다.

어렸을 적부터 한 번도 회초리를 들거나 화를 내거나 소리를 지른 적이 없었지. 늘 자상하고 상냥하던 아빠.

생각나, 아빠?

초등학교 1학년 때 피아노 연습하지 않는다고 엄마한테 크게 혼나고 화장실에서 혼자 꺼억 꺼억 울고 있었어. 그 시절에 우리 집 화장실은 안채와 멀리 떨어져 있었잖아. 호랑이 같은 엄마가 화를 내면 나는 너무 무서워서 늘 화장실에 가서 소리 내어 울곤 했었어. 얼마나 서럽게 울었는지 목이 아플 지경이었어.

도대체 8살 여자아이가 어두컴컴하고 무섭기까지 한 근처 교회에 혼자 들어가 어떻게 피아노 연습을 하라는 건지…? 당시에 엄마는 도무지 내 감정을 헤아리지 못하였나 봐. 아예 내 말을 들으려고 하지도 않으셨어. 혼내고 야단치고 때리는 엄마가 나는 무서웠어. 그래서 혼자 화장실에서 우는 일이 다반사였지.

그날도 대성통곡을 하고 있는데 밖에서 아빠의 인기척이 느껴졌어. "미향아 니 괜찮나? 이제 그만 울그래이." 아빠의 목소리가 들렸어. 경상도 사투리.

그 소리는 다정하고 따뜻하고, 그리고 환했어. 나는 울음을 멈추고 마음을 추스를 수 있었지. 아빠가 건넨 그 말, 세상에서 가장 감미로운 사랑의 언어였어.

그렇게 늘 다정다감하게 우리 6남매를 보듬어 주셨던 아빠.

유쾌한 농담과 익살로 우리들의 마음 주름살을 펼 수 있게 해 주셨던 아빠.

하춘화의 노래를 너무나 좋아하셔서 자주 흥얼대셨던 아빠.

그래서 우리는 TV를 보다가 하춘화만 나오면 "아빠, 하춘화 나왔어!"라고 큰소리로 외쳤어. 그러면 아빠는 마당을 쓸다가도 부리나케 달려오곤 했지. 그런 아빠를 엄마는 실없어 보인다고 못마땅해하였지. 엄마는 올망졸망 6남매를 키우려면 정신 바싹 차리고 살아도 어려운 세상인데, 노래나 농담을 자주 하는 아빠의 태도가 늘 잔소리거리가 되었었지.

분명 아빠도 그때 힘들었고, 또 슬픈 일도 있었을 텐데, 가족들에게는 늘 밝은 면만 보이려고 노력하셨지. 아마 속울음을 많이 우셨을 거야.

누가 뭐래도 나는 아빠의 모든 것이 무조건 좋았어.

그 농담이 좋았고

그 선한 웃음이 좋았고

구수하고 정겨운 노랫가락도 좋았어.

옛날 아빠의 노랫소리가 그립고, 그립고 또 그리워.

그럼에도 제대로 아빠에 대한 내 마음을 표현하지 못했던 것 같아.

아빠를 사랑한다고, 존경한다고, 감사하다고 말해야 하는데, 이제는 말할 수 있고, 말하고 싶은데, 그런데 그때 그 나의 아빠는 어디로 가시고, 이렇게 의사소통이 안 되는 낯선 노인으로 누워있는지…. 내가 아빠의 사랑을 다 기억할 수 없겠지만, 아빠는 늘 나에게 안락한 의자였는데….

세월을 비껴갈 수는 없겠지만, 아빠가 혈관성 치매를 앓으며 낡고 삐걱거리는 의자로 삭아 내리는 것이 너무 마음이 아파서…. 지금 눈물이 강처럼 흘러내리고 있어. 그 화장실에서는 소리 내어 울었지만, 지금은 가슴으로 숨죽여 울고 있어.

아빠! 한 번만 "미향아, 니 괜찮나?"라고 말해주면 안 되나? 그 목소리 너무 듣고 싶어.

아니, 어쩌면 내가 "아빠 괜찮아요?" 해야 하는 건가…?

아빠는 지금 무슨 꿈을 꾸고 있을까? 혼돈된 기억의 저편에 아빠가 사랑했고, 아빠를 사랑하는 우리 딸들의 마음을 볼 수 있을까?

언젠가 이 의자도 사라지겠지만, 이 의자에 남아 있는 아빠의 체취는 아빠의 모습과 함께 영원히 내 가슴에 남아 있을 거야.

아빠, 나의 아빠.

지금 이 모습 이대로 당신을 사랑해요. 언제까지나….

– 셋째 딸 미향이가

* 저의 아버지는 2017년 4월 22일 아침, 하늘나라로 떠나셨습니다.

*You are a storytelling!*

삶은 한 편의 이야기다

# 엄마, 잘 가요!

그 옛날 옥색 댕기 바람에 나부낄 땐
봄나비 나래 위에 꿈을 실어 보았는데

날으는 낙엽 따라 어디론가 가버렸네
무심한 강물 위에 잔주름 여울지고

아쉬움에 돌아보는 여자의 길

언젠가 오랜 옛날 볼우물 예뻤을 때
뛰는 가슴 사랑으로 부푼 적도 있었는데

흐르는 세월 따라 어디론가 사라졌네

무심한 강바람에 흰머리 나부끼고

아쉬움에 돌아보는 여자의 길…

– 『여로』, 이미자

내가 좋아하는 TV 프로그램 중의 하나가 『불후의 명곡』이다. 여러 가수들이 다양한 장르의 명곡을 재해석해서 부르는 공연이다.

이번 주에는 가요 역사상 한 획을 그은 가수, 데뷔 58주년을 맞는 '이미자 편'이었다. 나는 설레는 마음이 풍선처럼 부풀었다. 더구나 내가 좋아하는 뮤지컬 배우 민우혁이 나온다는 예고편이 있었기에. 그가 노래를 부를 때면 넋을 잃고 바라보게 된다.

그는 「여로」라는 너무나 유명한 드라마 주제곡을 불렀다. 역시 '스토리텔러'라는 이름에 걸맞은 연출, 명불허전(名不虛傳)이었다. 원곡에 노랫말을 첨가하고, 이야기와 퍼포먼스, 춤을 곁들인 그의 무대에 흠뻑 빠지지 않을 수 없었다. 그의 어머니도 방청석에 연신 눈물을 훔치고 있었다.

'여로(旅路)'는 '여행하는 길. 또는 나그네가 가는 길'이라는 뜻이지만, 이 노래에서는 '여자의 길(女路)'이라는 의미가 느껴진다.

여자로 태어나 어머니로 살아가는, 우리 모두의 어머니 인생길을 돌아보게 하는 노래. 심금을 울린다는 표현이 왜 생겼는지 알 것 같았다. 이미자 역시 "가슴에 와 닿는 노래를 들었다. 행복했다."라는 소감을 남겼다.

처녀 적에 꽃같이 고왔던 울 엄마.
이미자를 무척이나 좋아하셨던 울 엄마.
'동백 아가씨'를 구슬프게 잘 부르셨던 울 엄마….
아픈 엄마 생각에 내 눈에서도 하염없이 눈물이 흘렀다.

나는 얼른 서랍 속에 고이 간직하고 있는 부모님 결혼식 사진을 꺼내보았다. 오래된 낡은 흑백사진인데도 정말 선남선녀의 모습이다. 그런데 자세히 보니, 아빠 얼굴에서는 막냇동생 재홍이가 보이고, 엄마 얼굴에서는 내가 보인다.

나는 어릴 적부터 엄마를 닮았다는 소리를 들으면 굉장히 어색하고 싫었다.

"어머니랑 어쩌면 그렇게도 빼다 박은 듯 닮았나요?"

"아이, 닮긴요. 전 아버지 닮았어요. 얼굴도 성격도 모두요."

엄마는 직선적이고 강했다. 그래서 무서울 때가 많았다. 그 성격이 버겁고 힘이 들었기에 닮고 싶지 않았다.

그런데 내가 가끔씩 딸에게 큰 소리로 나무랄 때면 "엄마는 외할머니랑 비슷해. 화를 낼 때는 표정도 목소리도 너무 똑같아."

"외할머니 닮긴, 어디가 닮아?"

나는 단박에 부정하곤 했다.

그러나 이제 생각해보니 내가 딸 다섯 중에 외모뿐만 아니라 성격도 엄마를 제일 많이 닮았다. 특히, 어떤 일에 적극적이고 악착같이 해내는 성향은 엄마와 똑같다. 엄마에게 좋은 점이 많은데 나는 늘 외면했었다. 지금은 엄마와 닮은 점에 오히려 감사하다.

유난히도 뜨거웠던 어느 여름날, 엄마가 병원 입원하시기 전날의 일이다. 그동안 수술을 받고, 6차 항암 치료까지 잘 받으시고 집에서 지내는 중이었다. 이날은 병원에서 의사와의 면담이 있었다. 그런데 엄마의 온몸에 노란 황달 증세가 나타나서 입원치료를 해야 한다는 것이다. 청천벽력 같았다. 췌장암 환자에게 황달 증상이 나타나면 매우 위험하다는 말을 들은 적이 있었다.

다음 날 입원하기로 하고 집으로 향했다. 그렇게 꼿꼿하던 엄마의 모습은 온데간데없고, 제대로 걷지도 못하는 엄마 손을 잡고 돌아왔다. 침대에 겨우 눕혀드린 후, 강연 때문에 서둘러 나오는데, "미향아!" 다급한 엄마의 목소리가 나를 멈추게 했다. 무슨 일인가 싶어 후다닥 뛰어들어갔더니 희미한 눈동자로 나를 올려다보며 말씀하셨다.

"미향아, 니만 생각하면 참 대견테이. 밀어주고 끌어주는 사람 없이 너 혼자 잘해내는 거 보면 참말로 대견테이~. 건강 잘 챙기면서 일 하래이. 잘 가그래이."

엄마의 마른 손을 꼭 잡고, 아무 말도 못 하고 나는 돌아섰다. 화장이 지워질까 봐 억지로 터져 나오는 눈물을 꾹꾹 눌렀다. 엄마의 모습은 서서히 꺼져가는 촛불 같았다.

아! 그때 그 말이 나에게 한 엄마의 마지막 말이 될 줄 정말 몰랐다.

'잘 가그래이.'

엄마가 평소에 좋아했던 시편 23편 성경 말씀이 생각난다. 호스피스 병원에서 목사님께서 마지막 예배를 인도할 때 봉독하셨다고 한다.

여호와는 나의 목자시니 내게 부족함이 없으리로다. 그가 나를 푸른 풀밭에 누이시며 쉴 만한 물가로 인도하시는도다. 내 영혼을 소생시키시고 자기 이름을 위하여 의의 길로 인도하시는도다. 내가 사망의 음침한 골짜기로 다닐지라도 해를 두려워하지 않을 것은 주께서 나와 함께 하심이라. 주의 지팡이와 막대기가 나를 안위하시나이다. 주께서 내 원수의 목전에서 내게 상을 차려 주시고 기름을 내 머리에 부으셨으니 내 잔이 넘치나이다. 내 평생에 선하심과 인자하심이 반드시 나를 따르리니 내가 여호와의 집에 영원히 살리로다.

2017년 9월 27일 새벽 1시 40분에 엄마는 멀고도 먼 하늘나라로 떠나셨다.

며칠 후 한 줌의 재가 된 엄마를 모시고, 친할머니와 아버지께서 잠들어 계신 산으로 향했다.

하관식…. 마지막으로 엄마에게 하고 싶은 말을 하는 시간.

우리 6남매는 흙으로 엄마를 포근하게 덮어드리며 한 명씩 작별 인사를 했다.

"끝까지 믿음 지켜줘서 고마워요. 엄마, 나도 그럴 거야. 사랑해요."

"엄마, 마지막까지 희망 품고 노력해주어 감사해요. 그래서 우리가 엄마께 가까이 갈 시간이 있었던 거에요."

"세상 싸움 다 싸우고 달려갈 길 다 간, 그래서 이기고 승리하신 엄마의 삶에 박수를 보내고, 그런 엄마가 참 자랑스럽습니다."

"엄마, 77년 동안의 모질고 고단한 삶을 살아내시느라 많이 힘드셨지요? 5녀 1남 저희 형제들을 잘 키워주셔서 정말 감사드려요."

"다시는 사망이 없고 애통한 것이나 곡하는 것이나 아픈 것이 있지 아니한 곳에서 평안하시길 바라요."

"엄마, 사랑합니다. 잘 가요. 엄마, 이제 안녕…."

엄마는 그렇게 먼 길을 가셨다.

*You are a storytelling!*

삶은 한 편의 이야기다

# 크리스마스 빛깔

저는 일러스트레이터가 꿈인 중학교 2학년 학생입니다.

저희 아버지께서 제가 2살 때 집을 나가셔서 엄마 혼자 돈을 버시느라 어릴 적부터 엄마와 있는 시간도 줄고, 부모님께서 참관수업도 못 나오시는 아이는 거의 저 혼자였습니다.

학교폭력이 이슈화되기 전, 초등학교 4학년 때 학교폭력을 당하고 5학년 때부터 후유증과 뒤틀려버린 성격으로 대인 기피는 물론, 친구에게 말 거는 거조차 힘들었습니다.

초등학교 6학년 때는 은따(은근히 따돌림을 당하는 사람)를 당하고, 심지어는 믿었던 친구에 의해 학교폭력 가해자로 몰리기까지 했습니다.

그랬던 저에게도 꿈이 생겼습니다. 그건 일러스트레이터가 되는 것입니다.

가정 형편에 비해 돈이 너무 많이 드는 예체능을 하겠다며 1년 동안 엄마랑 싸웠습니다.

폐인처럼 방구석에 앉아 인터넷만 했습니다.

그런 저의 아픔이 강사님의 "괜찮아!" 한 마디에 녹았습니다.

정말 감사하고, 또 감사합니다. 이 강의는 어른이 되어서도 잊지 못할 것 같습니다.

– 김다영 올림

지난 7월 27일! 유난히 뜨거웠던 날.

에어컨의 냉방 장치도 숨 막혀 하던 이날, 공간을 꽉 메운 많은 사람의 '열정 온도'와 빨간색 원피스에, 빨간 귀걸이를 한 나도 오늘의 뜨거움에 한몫하고 있었다.

박 대표님이 내 소개를 하고 나는 마이크를 잡았다. 이 순간이 정말 짜릿하다.

마이크는 마치 무선 배터리처럼 나에게 에너지를 채워준다.

"안녕하세요? 저는 스토리텔러 이미향입니다."라는 첫인사로 '꿈벗' 독서 회원들과 교감하는 행복한 시간이 시작되었다.

그런데 강의가 시작되면서 한순간도 눈을 떼지 않고, 마치 레이저를 쏘듯이 나를 쳐다보는 한 소녀가 있었다. 내 딸아이와 비

숫한 또래의 중학생이었는데, 적의에 찬 싸늘한 눈빛은 이 더위에도 냉랭함 그 자체였다. 그러나 1시간 반 동안의 강연이 끝났을 때, 열기에 정열을 더한 내 강의를 마쳤을 때 그 소녀의 복숭아 같은 얼굴에도 땀과 눈물이 흐르는 것을 나는 보았다.

내 책 사인회를 위해 별도의 공간에서 준비하고 있는 동안 한 사람도 빠지지 않고 소감문을 쓰고 있었다. 40여 명의 회원이 나에게 사인을 받기 위해 장사진(長蛇陣)을 치고 있었다. 나는 연예인도, 작가도, 스타 강사도 아닌, 그저 평범한 강사일 뿐이다. 그런 나에게 이렇게 많은 사람이 내 책을 들고 사인을 받기 위해 줄을 서 있는 모습이 꿈만 같았다. 사인을 하는 동안 팔이 저렸지만, 신바람이 절로 났다.

거의 마지막에 그 소녀는 수줍은 듯 내 책을 내밀었다.

"작가님, 우리 아이에게 힘을 주는 말을 적어주세요." 소녀의 어머니가 웃으면서 작은 소리로 말했다.

"김다영(가명) 님, 당신의 이야기를 이제 '축복'으로 바꾸세요. 사랑합니다. – 미향 dream"

나는 어느 때보다 한 글자 한 글자 더 정성을 다해 적었다. 그리고 무언가 주고 싶어서 가방을 뒤적이다가, 평소 가지고 다니는 도서 문화상품권을 건네주었다. 나는 그 소녀를 따스하게 바라보았다. 그 소녀는 상기된 얼굴로 고맙다는 말만 연신 했다.

모든 일정을 마치고 숙소로 돌아와서 박 대표님이 모아서 준 소감문을 한달음에 읽어보았다.

한 장 한 장 읽어 내려가면서 내 얼굴은 차츰차츰 눈물로 뒤범벅이 되어갔다.

바로 그 소녀, 서두에 소개한 다영이의 글을 읽을 때 나는 급기야 울음보가 터지고 말았다. 다음날, 다영이 어머님에게 나의 마음을 실어 문자로 보냈다. 그렇게 나는 다영이와 관계를 맺게 되었고, 적은 돈이지만, 다영이의 꿈을 응원하는 독서비를 보내주고 있다. 다영이가 건강하게 잘 자라고, 그 꿈을 이룰 때까지 나는 관심과 사랑을 보낼 것이다.

카톡!

알림음이 오늘따라 참 경쾌하다.

다영이 어머니로부터 성탄절 카드 문자가 왔다.

"즐거운 크리스마스 보내시고, 2017년 정유년 새해가 다가오네요. 지난해 강사님과의 인연 너무나 감사하고, 저와 다영이에게 주신 관심과 사랑 더욱 많이 감사합니다.

새해에도 늘 건강하시고, 계획하시고 뜻하시는 대로 다 이루시는 한 해 되길 기원합니다. 내내 행복하십시오."

오늘은 성탄절이다.

가족과 함께 성탄 예배를 드리고, 집에 돌아와 내 방을 청소하고 정리했다.

신문 스크랩, 노트, 메모 용지, 책, 복사자료 등등

강의 준비하느라고 어지럽혀 있는 책상을 정리하다가 스크랩해 놓은 신문이 눈에 들어왔다.

아흔을 바라보는 노부부가 있었다. 지역의 한 센터에서 '성탄 트리'를 만드는 프로그램에 치매 남편을 위해 아내가 신청했다. 부부가 함께 방울과 리본을 달며 트리를 완성해 나갔다. 마지막으로 남편은, 트리 위에 작은 종이를 매달았다. 종이를 본 아내는 말을 잇지 못하고 눈시울을 적셨다. 현관문 비밀번호도 자기 사는 곳도 잊은 남편이 종이 위에 적은 말은 "사랑한다."였다. 모든 것을 잊어버린 남편은 "사랑한다."는 말은 잊지 않았나 보다. 60년을 함께한 아내에게 이 말만은 건네고 싶었던 것이다.

성탄절 하면 가장 먼저 떠오르는 색깔이 무엇일까?

화이트 크리스마스를 생각한다면 하양이, 트리를 생각한다면 초록이, 산타클로스의 모자와 옷을 생각한다면 빨강이 머리에 반짝거릴 것이다.

'빨강'은 내가 오래전부터 좋아하는 색깔이다. 나는 강의를 할 때 빨간색 원피스 또는 정장을 입고, 반드시 빨간 귀걸이나 스카프로 포인트를 준다. 내가 추구하는 '열정적인 강의'와도 잘 어울리고, 내 이미지와도 가장 잘 맞는 듯하다.

빨간색이 심장을 상징하고 이는 바로 '사랑'으로 연결되기 때문에 나는 크리스마스를 대표하는 색이 빨간색이라고 생각한다. 종교를 믿든 안 믿든 성탄절은 우리 모두에게 따스한 사랑으로 다가온다. 아기 예수의 축복을 다른 사람에게 따스하게 나누어주고 싶은 날이다. 어떤 약속을 잡아 놓고 그날을, 그 사람을 기다리는 것이 행복하듯이 우리는 성탄절을 기다리는 마음으로 살아가면 어떨까?

차가움과 결핍의 계절 겨울이다.

이 기간에 가장 필요한 것이 '사랑'이 아닐까? 서로에게 따뜻한 '난로' 같은 우리가 되었으면 좋겠다. 오늘 같은 날이, 오늘 같은 마음이 계속 이어진다면 이 세상 '사랑의 온도계'가 더 높이 올라갈 텐데….

지난여름 그 뜨거웠던 날, 다영이의 따스한 감상문이 지금 겨울 추위를 막아주고 있다.

"하나님, 올겨울이 상처가 아닌 '사랑'의 빛깔로 가득 채워지게 해주세요."

간절히 두 손 모아 기도드렸다.

오늘따라 빨간 사탕 같은 내 귀걸이가 '반짝반짝' 달콤하게 빛나고 있다.

*You are a storytelling!*

삶은 한 편의 이야기다

10
STORYTELLING

# 좋은 책을 만나요!

다산 정약용은 어릴 때부터 책 읽기를 좋아했다. 9살에 어머니를 잃었고 그 슬픔의 빈자리를 책을 읽는 즐거움으로 매일 달랬다.

집에 있던 책을 다 읽고 나자 외가 윤선도의 집에서 책을 빌려다 보았다.

그러던 어느 날, 어린 다산은 그날도 외갓집에 가서 책을 빌려 황소 등에 가득 싣고 집으로 돌아오고 있었다. 뒷날 우의정과 판서를 역임했던 조선의 대학자 이서구가 그곳을 지나다가 그 모습을 보았다.

그리고 3일 후 한성에서 볼일을 마치고 돌아오는 길에 또다시 다산을 만났다. 물론 그때에도 황소의 등에 책이 가득 실은 채 걸어오고 있었다.

이서구는 어린 다산에게 말을 건넸다. "전에도 황소 등에 책을 싣고 가는 것을 보았는데 오늘도 이렇게 많은 책을 싣고 가는 걸 보니 너는 책을 읽지 않고 싣고만 다니는 게냐?"

"소인은 집에 있는 책을 다 읽어서 외갓집에서 책을 빌려다 보고 있습니다. 오늘은 빌려온 책을 모두 읽어서 돌려주러 가는 참입니다요. 못 믿으시겠다면 제가 읽은 책을 보시고 물으시면 되지 않습니까?"

황소 등에 실린 책들은 유교 경전 뿐만이 아니라 어려운 책들이 많았다. 이서구는 그 책들의 내용을 물었고 척척 대답하는 어린 다산에게서 커다란 감동을 받았다.

독서에 대해 이야기할 때 다산 정약용을 빠뜨릴 수 없다. 과골삼천(踝骨三穿)이라는 말이 있다. 이 말은 다산의 제자 황상의 글 속에 나오는 말로 "복사뼈에 세 번이나 구멍이 났다."는 뜻이다. 조선 후기 실학을 집대성한 다산이 책 읽기에 심취하고 글쓰기에 골몰하다 보니 방바닥에 닿은 복사뼈가 많이 상했다는 것이다.

"오직 독서 한 가지 일이 위로는 옛 성현을 좇아 함께할 수 있게 하고 아래로는 백성을 깊이 깨우칠 수 있게 하며 어두운 면에서는 귀신의 정상을 통달하고 밝은 면에서는 왕도와 패도의 정책을 도울 수 있어 짐승과 벌레의 부류에서 초월하여 큰 우주도 지탱할 수 있으니 이것이야말로 우리 인간이 해야 할 본분인 것이다."

다산 정약용이 그의 제자에게 언급한 말이다. 이 글은 읽을수록 마음에 와 닿는다.

책은 저자의 마음을 고스란히 담는다. 아니, 책은 곧 그 사람이다. 그래서 책에는 저자의 체온이 담기고 우리는 그 온기를 느끼면서 읽는다.

그럼 좋은 책이란 무엇일까? 좋은 책에 대한 정의는 각자 다를 것이다. 어쩌면 책을 읽는 이들의 수만큼 있을 것이다.

'저자와의 만남'에서 아주대학교 주철환 교수는 양서는 무엇이냐는 질문에 이렇게 대답했다. "양서(良書)는 비서입니다. 비서는 중요한 걸 '리마인드'시켜주잖아요. 책을 읽고 저자의 마인드를 살피고 자신의 삶을 돌이켜보는 게 독서의 효용이죠. 좋은 책은 제가 지금 잘 살고 있는지, 제대로 가고 있는지 늘 상기, 환기시켜 주거든요." 참 재치 있는 대답이다.

일본의 대표적인 출판사 이와나미 쇼텐에서 30년간 편집자로 일한 오오쓰카 노부카즈는 이렇게 말했다.

"어느 순간 독자 한 사람이 책 한 권으로 현실 세계에서 짧은 시간 다른 우주에서 살 수 있다고 한다면, 그리고 책을 만든 사람과 읽은 사람이 일체가 되는 것처럼 느껴진다면 그 순간이 바로 유토피아가 아닐까?"

소설가 조경란 작가는 인터뷰에서 "좋은 책이란 다른 읽을 책을 알려주는 책이죠. 김현 선생을 만나고 나서부터 문학 서적을 섭렵하기 시작했는데, 마치 감자 줄기에 감자가 달려 나오듯이 구체적인 세상이 내 앞에 나왔어요. 나를 문학의 길로 이끌어준 분은 책을 통해 만난 김현 선생님입니다."라고 했다.

인천 독서모임에서 한 분이 나에게 좋은 책이란 어떤 책이냐고 물은 적이 있다. 나는 이렇게 대답했다. "좋은 책이란 '거울'이라고 생각해요." 책 속에서 자신의 모습을 볼 수 있어야 한다는 말이다. 보편적으로 좋은 책이라도 읽는 사람의 수준에 맞지 않아 흥미를 느끼지 못하거나, 공감이 되지 않아 읽지 않게 된다면 아무 의미가 없다. 책을 읽는 동안, 책 속의 상황이 나와 다름에도 불구하고 그 안에서 나를 발견할 수 있다면, 나의 감각이 곤두서고 마음을 뒤흔드는 강한 진동이 느껴진다면, 벅찬 감동이 밀려온다면 그게 바로 좋은 책이 아닐까?

작년 1월 29일 나의 첫 에세이가 『나는 스토리텔링이다!』라는 이름표를 달고 이 세상에 태어났다. 어느덧 1년이라는 시간이 훌쩍 넘었다. 그동안 울산 대구 상주 청주 대전 의정부 창원 등등 참 많은 곳을 다니며 독자들을 만났다. 지금까지 53회의 저자 특강을 했으며, 앞으로 내 목표는 100회를 하는 것이다. 한 권의 책이 나의 발길을 여러 곳으로 인도하고, 좋은 분들과의 만남을 매개하고 있다. 내 책이 세상의 작은 손거울로 널리 쓰였으면 좋겠다.

지난 6월 20일에는 서울 '한국평생교육원'에서 49회 저자 특강을 할 때였다. 시작한 지 10여 분이 지났는데 삐익~ 문이 열리더니 익숙한 얼굴의 한 남자가 들어왔다. 바로 황복연 씨다. 이 분은 내 강연을 벌써 4번이나 들은 열혈 팬이다. 만날 때마다 상쾌하고 밝은 미소를 날리는 쾌남이다.

한 시간 30분 동안의 강연을 마친 후, 청중들이 강연 소감을 발표했다. 몇몇 분의 소감을 마치고, 황복연 씨가 씩씩하게 걸어나와 마이크를 잡았다.

"저에게도 긴 터널 같은 어두운 시간들이 있었지요. 작년에 헬스장을 운영하면서 어려운 시기를 겪게 되었어요. 혼자 최선의 노력을 다했지만, 주위에 대형 헬스장이 가격을 내리면서, 저의 헬스장은 점점 더 아래로 떨어지게 되었죠. 몸도 마음도 지쳐서 아무것도 할 수 없는 무기력한 상태가 되어 더 이상 올라갈 힘을 잃게 되었어요. 끝내 모든 것을 접고 집안에만 틀어박혀 있었죠. 그러던 어느 날, 우연히 이미향 강사님의 강연 안내를 보게 되었고, "나는 스토리텔링이다!"라는 글자를 보는 순간, 제 마음이 쿵~하고 내려앉았어요. 드디어 기다리던 강연을 듣게 되었는데 '열정', '시련', '사랑'이라는 세 가지 주제로 역경을 이겨 낸 사람들의 이야기를 하셨어요. 이야기를 듣는 내내 마음이 벅찼고 황홀했어요. '아~ 나도 나의 이야기를 하고 싶다. 때론 시련도 삶의 큰 재산이 될 수 있다니, 포기하지 말고 열정으로 살아야지.' 저도 모르게 주먹을 불끈 쥐었죠."

그리고 자연스레 내 책 이야기로 이어졌다.

"그 날 작가님의 사인이 든 책을 단숨에 읽어 내려갔어요. 마치 저에게 하는 말 같았어요. 그 이후에도 책을 읽으며 얼마나 많은 빨간 줄을 그었는지 몰라요. 읽고 또 읽고…. 저처럼 이렇게 한 권의 책을 여러 번 읽는 사람도 드물 겁니다. 힘든 상황에 놓여있는 사람들의 이야기를 읽을 때는 생생하게 저의 모습을 떠올렸어요. 특히, 최인호 작가의 암 투병 이야기와 시바다도요 할머니 이야기는 읽을수록 저의 심금을 울려요. 저는 요즘도 이 책을 끼고 살아요. 달달 외울 정도랍니다. 하하하~.

전 이제 새로운 꿈이 생겼어요. 이미향 강사님처럼 많은 이들에게 희망을 주고 마음을 그리는 시인이 되고 싶습니다. 꿈꾸는 저는 요즘 정말 행복하답니다."

별들도 모두 잠든 새벽!

나는 오늘도 내 방의 마술 상자인 컴퓨터를 켰다. 나의 손이 천천히 자판기 위에서 춤을 춘다.

'좋은 책을 써야지.'

'좋은 거울을 만들어야지.'

*You are a storytelling!*

삶은 한 편의 이야기다

# 제2부

# 아프지 않으려면 통(通)하라!

**Creative writing** and storytelling

*You are a storytelling!*

삶은 한 편의 이야기다

01
STORYTELLING

# '토닥토닥'이 필요해

나에게 실망한 하루

눈물이 보이기 싫어

의미 없이 밤하늘만 바라봐

작게 열어 둔 문틈 사이로

슬픔보다 더 큰 외로움이 다가와 더 날

…

수고했어 오늘도

아무도 너의 슬픔에 관심 없대도

난 늘 응원해, 수고했어 수고했어 수고했어 오늘도

– 「수고했어 오늘도」 중에서, 옥상달빛 1집

언젠가 후배가 나에게 물었다.

"선배에게 강의란 도대체 뭐예요? 강의는 (    )다! ( ) 안에 무얼 넣을 건가요?"

나는 1초의 망설임도 없이 대답했다. "강의는 연애다!"

그렇다. 나에게 강의는 연애하는 기분이다. '이번엔 어떤 분들이 오실까? 내 말이 이쁘게 전달될까? 어떤 반응을 보이실까? 무어라 칭찬해 주실까? 또 만나자고 하실까?' 늘 기대와 설렘으로 마음이 들뜬다.

"강사님은 열정이 대단하십니다."

"강사님의 강연은 늘 감동입니다."

"강사님은 저희를 몰입하게 하는 힘이 있어요."

"어디 가면 또 강사님의 강연을 들을 수 있나요?"

"강사님의 목소리를 들으면 저절로 힐링 되는 기분이 들어요."

나는 이런 칭찬을 들을 때마다 절로 입꼬리가 올라가고, 흐릿한 보조개가 또렷해진다. 『미움받을 용기』라는 책에 이런 말이 나온다.

"남에게 칭찬받고 싶어 하는 욕구를 버려라, 미움받는 걸 두려워하지 마라, 타인의 시선에서 벗어나야 진정 자유롭다."

많은 사람이 심리학자 아들러의 제안에 답답했던 가슴이 시원하게 뚫리는 느낌을 받았을지도 모른다. 그러나 나는 그렇지 못하다. 타인에게 미움받는 것이 너무 두렵다. 주위 사람들이 칭찬을 하면 "제가 뭘요~." 하면서도 은근히 기분이 우쭐해지는 건 어쩔 수 없다. 페이스북이나 카카오 스토리에 글을 올리고 나서 '좋아요', '멋져요' 클릭과 칭찬 댓글을 보면 나도 모르게 기분이 활짝 핀다.

옛 불교 경전에 "…비난과 칭찬에 흔들리지 마라. 소리에 놀라지 않는 사자처럼, 그물에 걸리지 않는 바람처럼…."이라는 말이 있지만 나는 그런 경지에 오를 엄두도 내지 못한다. 나는 비난받으면 사자 만난 토끼처럼 놀라고, 칭찬받으면 바람에 흔들리는 갈대처럼 우쭐해진다. 타인의 평가에 예민하고 내 감정에 솔직하다. 프랜시스 후쿠야마 교수도 인간이 사회를 이루는 근원적인 동인(動因)으로 남에게 인정받기 위한 욕망을 꼽았다.

며칠 전에 있었던 일을 생각하면, 지금도 악몽을 꾼 듯 마음이 서늘해진다. '인정 욕망'이 가득한 내가 어느 날 무참히 깨진 날이다.

12월 끝자락 어느 날.

오전에 강연이 있는 날은 아침부터 몸과 마음이 분주하다. 가족의 식사를 챙겨야 하고, 예쁘게 꽃단장도 해야 하고, 이것저것 강의에 필요한 자료와 도구들을 챙겨 나오기까지 바쁘게 서둘러

야 한다. 강연장으로 향하는 나의 구두 소리도 '또각또각' 바쁘고 경쾌하다. 1시간 전에 도착해서 노트북과 스피커 그리고 마이크도 점검하고 난 후에야 한숨 돌린다.

자 이제, 준비 완료!

오늘은 2시간 동안 '당신의 삶을 이야기하라!' 라는 주제로 이야기를 펼칠 예정이다.

밝고 맑은 목소리로 인사를 하고, 힘차게 강연을 시작했다. 한 15분가량 지났는데, 문이 확~ 열리더니 50대 남자가 요란스럽게 들어왔다. 나는 잠깐 멈칫하다가 이내 미소 띤 얼굴로 바라보았다. 그런데 그 사람의 핸드폰에서 계속 '카톡', '카톡', 알림음이 울렸다. 급기야 벨이 울리고 버젓이 통화까지 하는 게 아닌가? 나는 핸드폰을 꺼달라고 정중히 부탁했다. 그는 들은 체도 하지 않았다. 계속 알림음과 벨이 울려댔고 연신 들락날락했다. 그 사람의 등장으로 갑자기 정신이 하나도 없어졌다. 속으로 '저 사람 그냥 나가서 다시 들어오지 말았으면 좋겠다.'라는 생각이 들었다. 강연의 흐름이 끊어지고 감정이 흩어졌다. 풍랑을 만난 배처럼 흔들렸다. 너무나 힘겹고 고통스러웠다. 그렇지만 억지로 한 시간가량 진행했다. 식은땀이 흐르고 화가 치밀어 두통이 시작되었다. 이대로 계속 끌고 나가기에는 무리였다.

"여러분, 저도 감정의 동물이에요. 정말 당황스럽고 속상합니다. 무척 힘이 드네요. 어제 200명이나 되는 분들에게 4시간 강연할 때보다도 더 힘겹네요. 아무래도 잠깐 쉬어야겠어요. 이해해주세요."

강연을 중단하고 나는 잠시 강연장 밖으로 나왔다. 심호흡을 열 번이나 하면서 마음을 가다듬었다. 그리고 무겁게 떨어졌던 마음 조각들을 모아 다시 담았다.

'그래 이런 일도 좋은 경험이야. 그 사람에게도 뭔가 사연이 있을 거야. 아프고 고통스러운 무슨 문제가 있기에 좋은 행동이 나오지 않는 거겠지. 이제 조금이라도 달라졌을 거야. 미향아, 힘들지만 끝까지 잘하자.'

그러나 나의 기대가 부질없음을 알아채기에는 그리 긴 시간이 걸리지 않았다.

이번에는 등을 거의 돌린 채 다리를 떨면서 핸드폰에 몰입하고 있었다. 점입가경(漸入佳境)이었다. 나는 무시당하는 느낌에 자존심이 많이 상했다. 나는 억지로 그쪽에 시선을 두지 않았다. 그렇게 20시간 같은 2시간이 흐르고 "함께 해 주셔서 감사드립니다."라는 마무리 인사를 했다.

그 남자는 나를 쳐다보고 비아냥거리듯 "강사님 좋은 말씀 잘 들었어요. 하하."

주먹으로 한 대 치고 싶은 충동이 일었다. 한참 멍하게 서 있는 나에게 60대 어느 여성분이 다가오셨다.

"강사님 많이 힘드셨지요? 저도 강사님이 제 딸처럼 느껴져 안타깝고 속이 많이 상하더군요. 그래도 강사님의 말씀은 저를 울렸고, 잘 살아보고 싶다는 마음을 갖게 했어요. 참 감사합니다." 하면서 내 손을 잡아 주셨다.

나는 그 순간 나도 모르게 눈물이 주르륵 흘렀다.

오후 늦게 친구에게 전화를 걸어 속상했던 마음을 거침없이 쏟아냈다. 친구는 한참 동안 듣더니 "미향아, 많이 당황했겠구나. 그 사람 정말 나쁜 사람이네~. 살다 보면 상식이 없는 사람이 있다니까~."

이렇게 내 편이 있다는 생각에 무겁던 기분이 훨씬 가벼워졌다. 가장 큰 위로는 나의 아픈 구석을 털어놓을 수 있고 그것을 받아주는 친구가 가까이 있다는 것이다.

우리는 살아가면서 커다란 바위에 걸려 넘어지는 것이 아니라 작은 돌부리에 걸리고 넘어진다. 마찬가지로 타인의 사소한 말 한마디나 행동 하나가 우리를 좌절시킬 수도 있고 일으켜 세울 수도 있다. 대단한 권력을 쥔 사람만이 막강한 힘을 발휘하는 것은 아니다. 사실 우리에게 상처를 주거나 위로를 건네는 사람들은 평소에 접하는 보통 사람들이다. 대부분 가까이에 있는 사람이다.

만날 때마다 옷 칭찬을 건네는 이웃집 언니, 언제나 밝은 얼굴로 물건을 전해주는 택배 아저씨, 아침마다 명랑하게 인사를 하는 청소부 아주머니, 단골 음식점 사장님의 친절한 말씨, 세차장

아저씨의 시원한 사이다 미소….

이렇게 일상에서 만나는 사람들이 우리의 기분을 좋게도 하고 망가뜨리기도 한다.

가끔 삶의 고통을 호소하는 사람에게 "당신만 힘든 거 아냐. 당신만큼 힘들게 사는 사람들이 얼마나 많은 줄 알아?", "너만 힘든 거 아냐. 나는 더 힘들어.", 이런 말들은 오히려 역효과다. 어느 인터뷰에서 서울대 사회학과 김석호 교수는 "위로는 다른 사람을 설득하거나 설명하기에 앞서 내가 누군가와 함께 있다는 느낌을 주는 것."이라고 말했다. 거창한 해결책이나 똑똑한 충고를 바라는 것이 아니다. 그저 고개를 끄덕여주고 어깨를 토닥여주면 된다.

연애가 늘 화창한 봄날처럼 행복한 것은 아니다. 때로는 세찬 눈보라가 몰아치는 날도 있을 것이다. 내 강의가 어떤 일로 인해 상처를 줄 수도 있을 것이고, 때로는 예상치 못한 아픔을 겪을 수도 있다. 그때 따뜻한 눈짓과 손짓이 필요하다.

겨울이다.

서로 보듬어가며 살아나가기도 추운 세상이다. 이 세상에서 가장 따뜻한 위로의 몸짓….

토닥 토닥.

*You are a storytelling!*

삶 은 한 편 의 이 야 기 다

# 꽃들에게 희망을

… 중략 …

사회는 나를 포기해도 나는 포기하진 않을 것이다
닿을 듯 닿을 듯 닿지 않는 이것이 무엇인지 분명 아는데
살고 싶다, 난 산다
눈이 아프다
눈길이 묶인다
종이 한 장만 한
딱 고만큼만 어둠을 훼손하는 햇살
여우별 같은 희망

– 「희망」 중에서, 이선영

아침 강의를 연속해서 하는 바람에 며칠 치 신문이 책상 위에 수북이 쌓여있다. 밀린 숙제하듯이 빨간 볼펜과 가위를 들고 스크랩하다가 고운 분홍색 화분 사진과 함께 실린 시 한 편이 나를 사로잡았다.

「희망」이라는 시.

'희망'이라는 단어를 조용히 소리 내면 입 모양이 웃을 때와 비슷해지며 마음이 환해지는 느낌이다. 그리고 봄, 꽃, 해, 나비, 구름, 하늘 등의 자연과 참 잘 어울린다.

오래전에 어린이 도서관에서 읽었던, 26년 동안 200만 부가 팔렸다는 트리나 폴리스의 『꽃들에게 희망을』이라는 그림책이 생각난다. 애벌레가 험난한 여정 끝에 나비가 되기까지의 과정을 담백하게 그려낸다. 그런데 정작 제목처럼 꽃은 등장하지 않는다. 그래서 약간 의아해하며 읽었던 기억이 난다.

고치에서 탈피한 애벌레가 호랑나비가 되어 활짝 날개를 펴고 하늘을 날아가는 장면이 마지막을 장식한다. 꿈과 희망의 의미를 담아낸 이 이야기는 봄이 되면 늘 생각나곤 한다.

마음에 머무는 또 한 편의 드라마 같은 희망 이야기가 있다.

주인공은 바로 박 승 일.

한때 농구코트를 누비던 선수 박승일 씨는 국내 최연소 농구

코치가 됐던 2002년 봄에 루게릭병 진단을 받았다. 온몸이 마비되는 희귀병이다. 『모리와 함께한 화요일』이라는 책에 등장하는 루게릭 환자인 모리 교수는 이 병을 '몸이 서서히 녹아내려 가는 촛불'에 비유했다. 우주 물리학자 스티븐 호킹 박사도 같은 병을 앓고 있다.

박승일은 고무찰흙처럼 주물러진 대로 형태가 고정되는 이 고통을 물귀신에 비유했다. 그만큼 우리가 상상할 수 없는 고통이 따르는 병이다.

이 세 사람의 공통점은 같은 병마와 싸우면서 끝까지 '희망'이라는 동아줄을 놓지 않았다는 것이다.

승일 씨는 현재 눈동자 근육을 제외하곤 온몸이 마비된 상태이다. 한때는 한 손으로 커다란 농구공을 쥐었고 긴 다리로 종횡무진 코트를 활보하던 그가, 눈동자를 겨우 굴리는 일 밖에는 못한다. 2004년 이후 몸을 움직이지도 못해 침대에서 일어나지도 못하고 있다.

그런 그가 오로지 인공호흡기에 의지해 숨을 쉬면서도 눈꺼풀을 조금씩 움직여 안구 마우스로 글을 쓰고 책까지 내었다니 정말 믿기지 않는 사실이다. 책 제목이 『눈으로 희망을 쓰다』이다. 그는 몸을 움직일 수 없는 상황에서도 인터넷 카페에 글을 올리고 방송에도 출연하며 많은 분의 응원을 받고 있다. 그에게는 꿈이 있기 때문이다. 자신과 같은 병을 앓고 있는 환자들을 위해 루게릭 요양병원을 짓는 것이다.

여러분의 성원에 힘입어 제가 그들의 작은 표본이 되어 희망을 주고 싶습니다. 어제의 기사가 대한민국 첫 번째 기삿거리로 시작되었다는 것을 하나님이 주신 기회로 삼고, 월드컵의 신화, 아시아의 작은 나라로만 여겨졌던 한국이 전 세계의 대한민국으로 바뀐 것처럼 이 병이 저로 하여금 전 국민이 알고 전 세계 사람들이 관심을 갖는 시발점이 되도록 노력하는 것입니다.

사회는 나를 포기해도 저는 포기하지 않을 겁니다.

– 박승일이 올린 글

이렇듯 자신이 앓고 있는 이 병을 세상에 널리 알리고 요양병원 건립비용을 모으기 위해 세상과 소통하고 있다. 비록 몸은 움직일 수 없으나, 안구 마우스를 통해 자신의 목소리를 되찾았고 세상과 소통할 수 있다는 것만으로도 행복한 사람이라고 전했다. 발병 이후 15년째 승일 씨는 여전히 꿈을 꾸고 희망을 부여잡고 있다.

그에 의하면 루게릭병은 '가족을 말려 죽이는 병'이라고 말할 정도로 루게릭 환자 가족들의 고충도 심각한 상황이다. 고가의 치료비와 24시간 간병을 요하는 상황이다 보니 집안이 풍비박산이 나고 있는 게 현실이다.

희귀병 중에서도 희귀 난치병이라 정부가 손을 놓고 있는 상태라고 한다. 환자들의 가장 큰 소망은 병이 호전되어 몸을 움직일 수 있는 것인데 줄기세포 연구에 기대를 걸지만 현재로썬 아직 갈 길이 멀고도 먼 상태이다.

그래서 환자와 그 가족들의 한결같은 바람은 마음 놓고 지낼 수 있는 공간이 확보되는 것이다. 전문 요양소 건립이 제일 시급한 문제인 것이다.

자료를 검색하다가, 박승일 씨의 누나 박성자 씨가 인터뷰한 기사를 읽게 되었다.

성자 씨는 2009년, 동생 대신 '승일희망재단'이라는 비영리재단을 세웠고, 지금껏 아홉 번의 콘서트와 쇼핑몰 운영 등으로 35억 원을 모금했다고 한다.

기꺼이 박승일 씨를 응원하러 나서 재능기부를 한 유명 연예인들도 많다. 공연을 본 사람들은 입을 모아 "티켓값이 하나도 아깝지 않은 공연."이라고 호평하였다고 한다. 성자 씨는 말했다. "불가능할 거로 생각했던 요양병원 건립이 조금씩 눈에 보여요. 처음에는 정말 이해할 수 없었어요. 그래서 동생을 말렸지요. 자기 건강 챙기기도 바쁜 아이가 모금을 하겠다고 다니는 게 싫었어요. 지금 생각하면 내 소견이 좁았어요. 동생이 얼마나 강한 사람인지, 얼마나 큰 꿈을 갖고 있는지 몰랐지요."

오늘은 일요일.

박승일 씨를 위해 하나님께 두 손 모아 간절히 기도했다. '세계 최초의 루게릭을 이긴 기적의 사나이 박승일'이라는 기사를 만나고 싶다고. 기적을 보여달라고, 고통 속에서 신음하는 루게릭 환자들과 가족들의 마음을 위로하고 치유케 해달라고….

어디 이들뿐이겠는가? 우리도 요즘 많이 아프고 힘들다.

축 처진 어깨에 무거운 책가방을 메고 밤늦게 학원을 오고 가는 중·고등학생, 밤새워 편의점에서 아르바이트하는 청년, 학비를 벌기 위해 대리운전을 하는 대학생, 컵라면으로 끼니를 때우는 고시생, 마트에서 다리가 퉁퉁 붓도록 서서 일하는 어머니, 지친 표정으로 밤거리에서 비틀거리는 아버지, 전철역 앞에서 쪼그리고 앉아 푸성귀를 파는 할머니, 상가나 길거리 돌아다니며 폐지 줍는 할아버지….

새로운 대통령의 행보가 매우 활기차다.

부디 우리 모두에게 나비 같은 희망의 존재가 되어주기를 간절히 소망한다.

그리고 이 땅의 모든 지친 이들의 어깨 위에 부디 희망의 무지개가 뜨기를 기원한다.

그런데

오늘 오후, 대청소를 잠시 쉬고 있는데 핸드폰이 울린다. 요즘 나와 콜라보레이션 강의를 함께 하고 있는 홍영순 작가님이다. 참 반갑다.

다소 흥분된 목소리가 들려왔다.

"이미향 강사님, 제 노래 들어보세요. 제가 비록 음치이지만, 이 노래는 참 따뜻해요. 인터넷에 음원으로 나와 있으니 꼭 자주 들어주세요. 컬러링으로 사용해주시면 좋구요. 호호~ 제목은 「하얀나비의 꿈」이에요."

이어서 노래가 흘러나왔다.

"이 언덕 위에 집을 짓고 나는 지켜낼 거야
모든 것을 꺾인 날개를 붙잡고 날아가
저 벌판에서 날아오는 꽃향기에 취해 난 나아간다.
모두 떨쳐내고 이뤄낼 거야…."

아~ 내 머릿속에는 아름다운 그림이 펼쳐진다. 하늘, 태양, 바람, 꽃, 나비 그리고 '희망'이라는 두 글자.

"희망아!

오늘도 내일도, 맑은 날에도 흐린 날에도 비 오는 날에도 훨훨 날아오렴.

우리 모든 꽃들에게로, 우리는 모두 제각각 고운 향기가 있다는 것을 잊지 않도록."

*You are a storytelling!*

삶은 한 편의 이야기다

03
STORYTELLING

# 당신은 지금 통通하였는가?

소와 사자가 있었다.

둘은 죽도록 사랑했다.

둘은 혼인을 했다.

둘은 최선을 다하기로 약속했다.

소가 최선을 다해서

맛있는 풀을 날마다 사자에게 대접했다.

사자는 풀이 싫었지만 참았다.

사자도 최선을 다해서

맛있는 살코기를 소에게 대접했다.

소도 괴로웠지만 참았다.

참을성은 한계가 있었다.

둘은 마주 앉아 이야기했다.

그러면서 소와 사자는 다투었다.

끝내 헤어지고 말았다.

헤어지며 서로에게 한 말은

"나는 최선을 다했다."였다.

—「소와 사자의 이야기」

어느 늦은 밤, 단골 커피숍에서 친구를 기다리며 본 장면. 20대 후반쯤으로 보이는 여자 네 명이 한자리에 앉아 커피 잔을 앞에 놓고 각자 스마트폰 삼매경에 빠져 있다. 요즘 흔한 모습의 '스마트폰 세상의 풍속도'였지만 마음이 씁쓸했다. 오랜만에 만난 친구들인지, 일상적으로 만나는 사이인지는 모르겠지만 정겨운 모습은 아니었다. 그녀들은 그렇게 내 친구가 올 때까지 같은 테이블에 앉아서도 서로의 눈을 바라보지 않고, 귀를 열지 않고 첨단 기기에 몰두하고 있었다. 어쩌면 스마트폰으로 누구와 소통을 하고 있는지는 모르지만 내 눈에 그것은 소통이 아니라 단절이었다.

소통! 소통!

TV에서도, 신문에서도, 책에서도, 소통이 화두인 세상이다. '소통의 시대'답게 '소통능력지수 체크리스트'까지 유행한다니, '소통'의 중요성을 강조하고 있다. 그런데, 어쩌면 역설적으로 지금 현실이 '소통의 부재'가 만연하고 있기에 더욱 강조하는 것은 아닐까? 부모와 자식 간에, 부부 간에, 친구 사이에, 직장 동료 사이에도 불통하며 힘들어하는 사람들이 많은 것이 사실이다. 이러한 소통의 부재는 '고통'을 부른다.

허준의 『동의보감』에 '통즉불통(通卽不痛), 不通則痛(불통즉통)'이라는 말이 있다고 한다. '통하면 아프지 않고, 통하지 않으면 아프다.'는 말이다. '통할 통'자와 '아플 통'자의 발음이 서로 같고, 그 배치에 따라 묘한 대비가 이루어지는 문구이다. 인간의 육체가 아픈 이유는 기혈(氣血)이 서로 막히고 통하지 않기 때문이라는 것이다. 그렇다. 몸도 기혈이 잘 통해야 건강하고, 상대방과 말이 통해야 대화가 이루어지고, 함께하는 사람들은 뜻이 통해야 일이 성사가 되고, 집도 바람이 잘 통하는 집이 살기 쾌적한 집이다.

마음의 병은 소통의 부재에서 온 스트레스에서 발생한다. 결국, 세상의 가장 큰 문제점은 통하지 않는 것 때문에 생겨나는 것이 대부분이다. 사람 사이에 일어나는 많은 갈등은 불통에서 비롯된다. 상대방이 정말 무엇을 원하는지 알려면 내가 상대방의 입장에서 관심을 가져야 한다. 역지사지(易地思之)하는 관심과 배려에서 진정한 소통이 이루어진다. 바르게 소통하려면 연습과 노력이 필요하다. 소통도 일종의 반복적 학습이다.

그럼 어떻게 해야 바른 소통이 이루어질까? 「소와 사자의 사랑 이야기」라는 우화에서 보았듯이 소와 사자는 서로 최선을 다했지만 헤어지고 말았다. 그 결별의 원인을 흔히 상대 입장을 배려하지 않은 것에서 찾지만, 나는 그들이 스스로 자신을 드러내지 않았기 때문이라고 생각한다.

"나는 살코기를 못 먹는다. 나에게는 풀을 줘."

"나는 풀은 못 먹는다. 살코기를 다오."

이렇게 자신의 속내를 충분히 드러내는 말을 진작 했어야 한다. 소와 사자는 서로 참는 것만이 최선인 양, 자신의 의사 표현을 명확히 하지 않았다. 그들이 대화를 시도했을 때는 이미 상처난 마음이 닫힌 상태였다. 내 속에 풀리지 않는 어려움이 있을 때, 참고 참는 것만으로는 해결되지 않는다. 그것은 마치 상자 속에 나를 가두어두고 남과 소통하려는 것과 같다. 자기 마음을 표현하지 않고 상자 속에 가두는 것은 본인 및 상대방까지 육체적 심리적으로 건강하지 못한 결과를 초래한다.

상대와 잘 소통하려면 첫째, 우선 나에 관한 자기 노출(self disclosure)을 해야 한다. 소통은 여기서부터 시작한다. 자기 목소리를 내지 않으면 누구도 당신에 대해서 알지 못한다. 내가 먼저 진실하고 정직하며 열린 자세로 상대방에게 다가갈 때 둘의 관계는 더욱 공고해 지고 오래 지속될 수 있다. "표현하는 것 자체가 치료이다."라고 말한 정신분석학자 프로이트의 말도 여기에 일맥상통(一脈相通)한다.

혜민 스님의 "내가 완전하기 때문에 남을 치유할 수 있는 것이 아니다. 나도 당신과 비슷한 괴로움을 겪은 적이 있다고 마음을 열고 이야기하는 과정에서 치유가 된다. 같이 고민해 보자고 진정으로 관심을 가져 주는 것에서 힐링이 된다."라는 말도 동일한 경우이다.

바르게 소통하는 방법 두 번째는 상대의 의견을 경청해야 한다. '이청득심(以聽得心)'이라는 말이 있다. '경청하면 상대의 마음을 얻을 수 있다.'는 뜻이다. 경청은 '남의 말을 귀 기울여 주의 깊게 듣는 것'이다. '경청' 하면 제일 먼저 떠오르는 역사적 인물이 있다. 바로 세종대왕이다.

세종은 소통의 달인이었다. 박현모 교수의 저서 『세종처럼』(미다스북스, 2008)은 소통하는 리더로서 세종대왕을 재조명했다. 세종의 화법(話法)은 바른 의사소통이 핵심이다. 세종은 비판과 반대 의견일지라도, 일단 수긍하고 말을 이어갔다고 한다.

"네 말이 참으로 아름답다."

신하들을 소통의 주체로 인정하고, 그들의 말을 절대 무시하지 않았다. 세종이 즉위 후 처음 꺼낸 말이 "의논하자."였다고 한다. 그 결과 침묵으로 일관하던 신하들은 세종과 치열하게 논쟁했고 많은 성과와 업적이 남게 된 것이다.

우리는 늘 소통이 중요하다고 말하면서 남의 생각에는 너그럽지 못하다. 『장자』에서 "음악 소리는 텅 빈 구멍에서 흘러나온다."는 말이 있다. 악기나 종의 소리는 그 속이 비어 있기 때문에 공명이 이루어져, 우리 귀에 좋은 소리로 들리게 된다. 사람의 공명통(共鳴通)은 마음이다. 자기 판단과 고집을 잠시 비우고 상대를 있는 그대로 존중해주는 마음으로 귀 기울여주는 자세가 필요하다.

나는 5월부터 전국적으로 부모교육을 할 예정이다. '자녀와의 소통법'이 주제이다. 나는 그때를 대비하여 수많은 책과 자료, 경험사례들을 살펴보며 열심히 씨름하고 있다.

그러다 이런 글을 발견하였다.

이야기를 들어 달라고 하면
당신은 충고를 시작하지.
나는 그런 부탁을 한 적이 없어.

이야기를 들어 달라고 하면
그런 식으로 생각하면 안 된다고 당신은 말하지.
당신은 내 마음을 짓뭉개지.
이야기를 들어 달라고 하면
나 대신 문제를 해결해 주려고 하지.
내가 원하는 것은 그런 것이 아니야.

들어주세요!
내가 원하는 것은 이것뿐.
아무 말 하지 않아도 돼.
아무것도 해주지 않아도 좋아.
그저 내 얘기만 들어 주면 돼.

– 『경청』(위즈덤하우스, 2007년)에서

소통은 '자기 노출'과 '들어주기' 이 두 가지로 압축된다. 이 두 가지만이라도 우리 사회에 널리 퍼진다면 소와 사자 같은 결과가 초래되지 않을 것이다. 그리고 스마트폰도 진정한 소통의 도구가 될 수 있을 것이다. 그런 날을 기대해본다.

# You are a storytelling!

삶은 한 편의 이야기다

04
STORYTELLING

# 또 다른 '모세의 기적'

내가 아플 때보다 네가 아파할 때가 내 가슴을 철들게 했고
너의 사랑 앞에 나는 옷을 벗었다
거짓의 옷을 벗어 버렸다

너를 사랑하기에 저 하늘 끝에 마지막 남은 진실 하나로
오래 두어도 진정 변하지 않는 사랑으로 남게 해주오

너를 사랑하기에 저 하늘 끝에 마지막 남은 진실 하나로
오래 두어도 진정 변하지 않는 사랑으로 남게 해주오
사랑으로 남게 해주오

– 「사랑을 위하여」, 김종환

오늘은 강연이 없는 날.

모처럼 망중한(忙中閑)을 즐기다가 2인용 침대를 하나 장만할 요량으로 인터넷쇼핑몰을 돌아다니기 시작했다. 그러다가 우연히 눈에 띄는 하나의 영상을 보게 되었다.

설날 특집 방송 프로그램에 출연한 아들과 어머니(모세의 기적 팀)는 두 손을 꼬옥 잡고 「사랑을 위하여」를 부르고 있었다. 아들은 얼핏 보아도 장애가 있는 청년이었고, 곁에 있는 어머니는 참 곱고 부드러운 인상이었다. 이들의 노래하는 모습은 금세 나의 가슴을 뜨겁게 했다. 「사랑을 위하여」는 예전부터 노랫말이 참 좋아서 즐겨 듣는 가요였지만, 이토록 감동적으로 들린 적은 없었다.

아무래도 이 모자의 사연과 연결이 된 가사이기 때문일 것이다. 특히 "내가 아플 때보다 네가 아파할 때가 내 가슴을 철들게 했고…." 이 부분을 부를 때 어머니의 표정은 너무나 숭고하였다.

'그래 이 사람들의 이야기를 글로 써야지.' 이야기 사냥꾼의 본능적인 움직임이 시작되었다. 나는 두 사람이 출연한 방송과 인터뷰 기사, 사연 등을 인터넷으로 샅샅이 검색하였다. 각종 무대에서 장애인 성악가로 노래하는 박모세와 어머니 조영애 씨의 이야기 속으로 스며들었다.

이들의 삶을 설명하는 몇 단어들이 있다. 뇌수술, 절망, 좌절, 장애, 가난, 고생, …. 하지만 그들의 이야기는 결코 어둡지만은 않다. 오히려 밝다.

방송 인터뷰하는 모세의 어머니 조영애 씨의 목소리는 풀잎처럼 미세하게 떨렸다.

“절대 살 수 없는 아이라며, 산모도 위험하다며 의사는 낙태수술을 권했지만, 내 배 속에서 작은 태동이 느껴지는 순간 저는 그럴 수 없었어요. 수없이 입원과 퇴원을 반복하며 독하게 아이를 출산했지요. 두개골 형성 잘 안 된 아기는 태어난 지 3일 만에 대뇌 90%, 소뇌 70%를 절제하는 수술을 받았어요. 의사들은 수술 후에도 듣기, 보기, 걷기, 앉기, 다 못할 거라며 살 가망이 없다고 했지만 저는 포기하지 않았어요. 그저 살려만 달라고, 돌볼 수 있는 기회를 달라고 간절히 사정했어요. 퇴원 후 아이를 안고 집에 돌아와 보니 죽을 아이라고 생각해서 그런지 엉망으로 꿰매진 ‘찌그러진 냄비’ 같은 아기를 보며 저는 통곡하며 울었어요. 온 가족이 사랑으로 아기를 돌보았어요. 그런데 세상에~ 기적이 일어났어요. 울음소리조차 없던 아기가 3개월 만에 까르르 웃음소리를 내지 뭐예요? 네 살까지 총 6번의 수술을 받고 그 후 3년째 의사는 뇌 사진을 보며 뇌가 자라고 있다고 했어요.”

이렇게 자란 뇌는 일반인의 뇌의 75%까지 회복되었다. 도저히 의학적으로 설명할 수 없는 일이라 한다. 세 살 무렵에 어느 날 갑자기 혼자 앉았고 또 걸었다. 그러더니 또 한 번의 기적이 일어난 것은 다섯 살 때였다. 말문이 조금씩 트이기 시작했고 그때부터 모든 소리를 다 따라 하기 시작했다.

'어라? 잘 따라 하네? 우리 모세에게 노래를 시켜볼까?' 어린이집 재롱잔치에서 선보인 모세의 노래는 많은 사람을 놀라게 했다. 박자도 음정도 맞고 목소리가 맑고 청아한 울림이 있다고 칭찬했다. 모세가 할 수 있는 것은 바로 음악이었다. 그렇게 그는 음악의 길을 찾게 되었다.

현재 모세는 백석예술대학교 성악과 학생이다. 그러나 여전히 그는 혼자서 할 수 있는 일이 거의 없다. 모세 군은 선천적 지적장애 2급, 지체 장애 5급, 시각 장애 4급 등 중복장애 1급이다. 손과 다리도 왼쪽만 쓸 수 있다. 화장실 가기, 옷 입기, 밥 먹기 등 일상적인 생활에 어머니의 손길이 있어야 한다.

악보를 볼 수 없어 전곡을 반복해서 듣고 통째로 외워야 한다. 말로 다할 수 없는 피나는 연습의 반복으로 그는 당당히 무대에 설 수 있었다. 그리고 여러 행사에 초청되었다. 2001년 여자프로농구 개막식, 2012년 한국스페셜올림픽 하계대회, 2013년 평창동계스페셜올림픽 등 그의 노래는 전국에 울려 퍼졌다. 또『불후의 명곡』,『아침마당』,『스타킹』,『노래가 좋아』등 수많은 방송에서 화제를 모았다.

그는 오른쪽 눈만 보이고 왼쪽 귀만 들리지만, 누구보다 열정적으로 열심히 노래한다. 그의 목소리에는 사랑· 치유· 희망·용기 등 따뜻한 단어들이 가득 들어있기 때문에 어느 가수보다 더 큰 감동을 전해준다. 모세의 노래 실력도 실력이지만, 그의 어머니의 단아한 모습과 맑은 목소리와 부드러운 미소는 정말 아름답다.

사랑하는 아들 모세야.

의학적으로는 네가 살 수가 없다고 했는데 지금 이 순간 네가 살아 엄마 곁에 있어 줘서 고마워. 온몸에 장애가 너무 심해서 보지도 듣지도 말하지도 못한다고 했는데, 그 모든 아픔을 안고 모든 고통과 장애를 이겨내고 이 시간 노래로 희망과 감동을 전하는 네 모습이 너무나 대견하고 사랑스럽구나.

너도 알고 있듯이 너의 머리에는 뇌수를 흐르게 하는 관이 박혀있고 그에 연결되는 관이 너의 몸을 지나며 박혀있으니 엄마는 늘 애처롭고 마음이 아프단다.

하지만 그것이 너에게 사슬이 되어 너를 복종시키며 세상에 빛으로 소금으로 필요한 존재로 쓰임 받기를 소망한단다.

노래할 때가 가장 행복하다는 너의 행복을 지켜 이룰 수 있도록 엄마가 늘 기도할게. 부족하고 연약하지만, 세계스페셜올림픽 이 아름다운 축제의 장에서 노래로써 모든 선수들에게 힘이 되길 바라며 앞으로 너의 삶이 희망을 노래하는 메신저가 되기를 기도할게.

지금처럼 건강하고 밝은 모습으로 하나님께 영광 돌리며 감사하면서 행복하게 살자. 이 시간 엄마는 너무 감격스럽단다.

모세야! 사랑해!!"

– 너의 엄마가

유대의 속담 가운데 "신은 모든 곳에 있을 수 없어서 어머니를 만드셨다."는 말이 있다. 평창 동계스페셜올림픽에서 두 손을 모은 채 눈물을 흘리는 어머니의 모습은 경건하다. 박모세 군이 많은 이들에게 희망을 선물할 수 있었던 것은 어머니의 헌신적인 사랑과 눈물, 그리고 기도가 있었기 때문이다. 조영애 씨에게는 뭔가 특별한 능력이 있다. 고통을 축복으로 뒤집고, 좌절을 희망으로 바꿀 수 있는 힘이 있다. 한때 목욕탕 청소를 하다가 철퍼덕 주저앉아 신을 원망한 적도 있었다. '아픈 아들을 주셨으면 경제적으로는 좀 풍족하게 해 주시지….'

모세 군의 엄청난 병원비를 감당해야 하기에 목욕탕 청소, 우유배달, 자판기 관리사 등 닥치는 대로 일했다. 여전히 힘든 상황은 줄줄이 이어졌지만, 그녀는 마음을 다잡고 늘 긍정적으로 생각하고 감사한 마음을 가졌다고 한다.

"지하 방바닥에 비가 스며들어도 다행이라고 생각했어요. 집이 떠내려가지 않았기에."

"목욕탕 청소를 할 때, 남들은 비싼 돈 주고 목욕하는데 나는 돈도 벌면서 매일 사우나 할 수 있어서 좋았어요."

"아들을 만질 수 있고 볼 수 있기에 살아있다는 자체만으로도 남부럽지 않아요."

"저는 아들의 사춘기도 겪지 않은 엄마예요. 얼마나 대견한지 몰라요."

"어떤 사람은 10개 중에 9개를 갖고도 1개가 없다고 불평을 하는데, 저는 제가 가진 1개에 감사한 마음이 생기더군요."

"내 곁에 살아만 있게 해달라고 기도했는데, 이렇게 노래까지 부를 수 있게 되었는데 어찌 행복하지 않나요."

"여러분에게 주어진 평범한 일상이 누군가에게는 간절한 바람일 수 있다고 생각하세요."

"분명 건강한 아이가 주지 못하는 행복을, 이 아이는 저에게 주고 있어요."

….

녀의 말 한 마디 한 마디는 빛나는 보석같이 내 가슴에 알알이 박혔다. 이 말들을 부모교육 강의할 때 전해주기 위해 노트에 한 자 한 자 정성스럽게 적어 놓았다.

'어머니'라는 성은 남자 여자로 분류할 수 없는 또 다른 존재 같다. 아무래도 제3의 성이 아닐까? '어머니'라는 성. 어머니의 헌신적인 사랑과 정성이 없었다면 또 하나의 '모세의 기적'이 일어날 수 있었을까?

어느 방송 프로그램에 출연해 아나운서가 "노래 부를 때 어때요?"라고 모세 군에게 묻자, 그는 수줍게 대답했다.

"너무너무 행복해요. 노래는 없어서는 안 될 저의 에너지이고 없어서는 안 될 저의 삶이구…. 음…, 또 노래가 없으면 나는 없어요."라고. 천사 같은 모세 군이 이 세상에 태어나 처음으로 부른 노래는 "저 들 밖에 한밤중에 양 틈에 자던 목자들 ~."로 시작하는 캐럴송이었다고 한다.

무심코 하늘을 올려다보니 희끗희끗 눈이 흩날린다. 얼마 전 하늘나라로 떠나신 엄마께서 하얀 꽃가루를 뿌려주는 듯하다.

"미향아~ 요즘 많이 힘들재? 먼 곳 다닐 때 항상 운전 조심하래이~. 그리고 몸은 작은 성전이데이~. 네 몸을 건강하게 잘 돌봐야 한데이~."

오늘따라 경상도 사투리 특유의 그 목소리가 참 그립고 그립고 그립다. 5녀 1남을 키워주신 강인했던 나의 엄마.

아~ 이제 곧 크리스마스가 다가온다. 올해는 화이트 크리스마스가 되었으면 좋겠다. 포근한 어머니 사랑 같은 함박눈이….

*You are a storytelling!*

삶은 한 편의 이야기다

05
STORYTELLING

# 새해 새날에

1월 1일 아침에 찬 물로 세수하면서 먹은 첫 마음으로

1년을 산다면,

학교에 입학하여 새 책을 앞에 놓고 하루 일과표를 짜던 영롱한 첫 마음으로

공부한다면,

사랑하는 사이가, 처음 눈을 맞던 날의 떨림으로 계속된다면

… 중략 …

아팠다가 병이 나은 날의, 상쾌한 공기 속의 감사한 마음으로 몸을 돌본다면

개업 날의 첫 마음으로 손님을 언제고 돈이 적으나, 밤이 늦으

나 기쁨으로 맞는다면,

… 중략 …

여행을 떠나던 날, 차표를 끊던 가슴 뛰이 식지 않는다면,
이 사람은 그때가 언제이든지 늘 새 마음이기 때문에
바다로 향하는 냇물처럼 날마다 새로우며, 깊어지며, 넓어진다.

–「첫 마음」 중에서, 정채봉

2017년, 새해 첫날이 밝았다.
조간신문처럼 빳빳하고 깨끗한 시간이 모두에게 공평하게 펼쳐지는 새해 첫머리다.

오늘 신문에 어울리는「첫 마음」이라는 이 시가 눈에 들어왔다.

나는 '새', '시작', '첫', '처음', '갓'이라는 단어를 참 좋아한다. 그래서 어릴 적부터 새해가 되면 계획표 만들곤 하였다. '세 살 버릇 여든까지 간다'더니 그 습관이 지금까지 이어지고 있다. 오늘도 나는 크고 작은 계획들을 세우고 노트에 적는다. 나의 꿈을 하나하나 떠올리는 이 순간, 가슴이 마구 뛴다.

올해는 여덟 가지 계획을 적어본다.

1. 두 번째 책 출간하기
2. 스토리텔링 & 독서모임 만들기
3. 멘티 1명 육성하기
4. 매일 아침 영어 교육방송 10분 듣기
5. 5명의 청소년 후원하기(현재 3명을 후원하고 있음)
6. 외국에서 북 강연하기
7. 착한 일 하루에 한 가지씩 하기
8. '소통'에 대한 강연 콘텐츠 개발

내가 세운 계획들을 다 이루어낸다는 것이 쉽지 않다는 것을 잘 알고 있다. 작심삼일이 되지 않기 위해서는 적어도 삼 일에 한 번씩은 나를 채찍질해야 할 것이다.

자기계발의 대가로 손꼽히는 '지그 지글러'가 이런 말을 했다.

"사람들은 의욕이 끝까지 가질 않는다고 말한다. 뭐, 목욕도 마찬가지이지 않은가? 그래서 매일 하는 거다. 목욕도 동기부여도."

매일매일 동기부여가 필요하다.

지금 여러분이 이 글을 읽고 있다면 이미 나의 첫 번째 계획이 이루어진 것이다. 두 번째 계획도 곧 이루어질 것이다. 1월 24일, 미약하지만 창대하리라는 믿음으로 5명의 회원이 결성되어 첫 독서모임을 갖기로 했으니 말이다.

내가 세운 계획 중에 가장 큰 기대를 하는 항목은 5번 '청소년 후원하기'이다.

어젯밤 늦은 시각에 우편물을 챙기기 위해 1층으로 내려갔다. 연말이라 이곳저곳에서 날아온 우편 종이들이 수북하다. 그중에 강훈이(가명)의 노란색 편지봉투가 제일 먼저 눈에 띄었다. 참 반가웠다. 강훈이는 '부스러기 사랑나눔회'를 통해 3년째 결연을 하고 있는 아동이다.

"후원자님께

안녕하세요? 저 강훈이에요. 작년에 이 편지를 쓴 거 같은데 벌써 1년이 지났네요.

2016년 한 해 동안도 장학금을 보내주셔서 감사합니다…."라는 내용과 함께 편지 밑 부분에는 교통비, 학용품, 도서 구매, 간식, 취미생활, 선물 구매 등등 내가 보내준 장학금의 사용 내역이 기재되어 있었다.

그렇게 적은 돈으로 이토록 많은 것을 했다니 참 놀랍고, 기쁘고 보람 있다. 나는 강훈이가 성인으로 성장할 때까지 적극적인 후원을 아끼지 않을 생각이다.

며칠 전, 어느 교육관계자를 만나기 위해 부천 송내로 갈 일이 있었다. 여느 때와 다름없이 크게 라디오를 틀어놓고, 콧노래까지 흥얼거리며 신나게 달려가다가 갑자기 내가 잘 듣지 않던 주파수를 맞추게 되었다. 『지금은 라디오 시대』라는 프로였다. 때마침 어느 청취자의 사연이 소개되고 있었다. 진행자의 정감 있는 목소리가 들려준 사연의 내용은 대충 이런 것이었다.

25세의 젊은 여성은 어머니와 단둘이 살고 있다. 이 젊디젊은 여성은 '만성 신부전증'이라는 병을 앓고 있다. 그래서 얼굴은 늘 부어있고, 제대로 먹지 못해 성장이 멈춰 키가 아주 작은 상태다. 오랫동안 폭력을 일삼는 아버지는 집을 나가고, 어머니는 아버지에게 맞은 후유증으로 평생 앓다가 최근에 몸이 서서히 굳어지는 파킨스병에 걸렸다고 한다. 경제 활동을 도저히 할 수 없는 모녀는 정부에서 주는 기초생활보조금으로 겨우 생활을 하고 있는 상황이다.

너무나 안타까운 사연이었다. 갑자기 눈시울이 뜨거워졌다. 나는 급히 비상등을 켜고 갓길에 차를 세웠다. 그리고 진행자가 불러주는 계좌번호를 머릿속에 얼른 적었다. 계좌번호는 기억하기 쉬웠다. 나는 얼른 모바일뱅킹으로 약간의 후원금을 송금하였다.

그리고 전구에 불이 들어오듯이 광고 카피 하나가 '번쩍' 생각났다.

눈웃음이 참 예쁜 탤런트 김정은이 눈밭을 뛰어다니며 외쳤던 "새해에는 부자 되세요~! 꼭이요."라는 광고다. 외환위기 이후 사회가 암울하던 시기에 나왔던 터라 그 울림이 매우 컸던 것으로 기억된다.

나도, 올해는 작년보다 더 부자가 되고 싶다. 더욱 활발한 대중강연과 북 강연 그리고 인세를 통해 돈을 많이 벌고 싶다. 그래야 강훈이 같은 미래의 꿈나무들을 더 많이 도울 수 있고, 낯모르는 가난한 이들에게도 도움의 손길을 내밀 수 있을 테니까.

"상덕약곡(上德若谷)"이라고 노자가 말했다. 즉, 골짜기처럼 텅 비우고 나면 더 많은 것을 담을 수 있다고 했다. 돈이나 물질은 너무 밝히면 행복하기 어렵다는 의미로 해석할 수 있다.

하지만 현실적으로 가난 속에서 사는 것은 너무나 어려운 문제다. 배고픈 삶이 신체적 고통뿐만 아니라, 합리적인 판단도 마비시키고, 의사 결정능력도 저하시킨다는 연구 결과도 있다.

그리고 맹자 님도 "무항산(無恒産)이면 무항심(無恒心)"이라고 하였다. 즉, 생활이 안정되지 않으면 바른 마음을 견지하기 어렵다는 뜻이라 한다. 내가 어떤 이의 가난을 구제해 줄 수는 없겠지만, 빈곤이라는 장애물에 걸려 힘겨워하는 사람에게 조그마한 디딤돌을 놓아주고 싶다.

작년은 이래저래 국내 안팎으로 근심 걱정이 참 많았던 한 해였다.

하지만 이제, 정유(丁酉)년 붉은 닭의 해가 떠올랐다.

오늘은 어제의 연장이 아니라 새로운 날이다. 묵은 시간은 보내고, 새로운 시간을 맞이했다.

아침을 여는 붉은 닭의 우렁찬 소리처럼 '희망'을 담아 크게 외쳐본다.

**"새해 부자 되세요! 꼬끼요(꼭이요)!!"**

# You are a storytelling!

삶은 한 편의 이야기다

06
STORYTELLING

# 우리는 하나!

‘누구의 주제련가 맑고 고운 산
그리운 만이천봉 말은 없어도
이제야 자유 만민 옷깃 여미며
그 이름 다시 부를 우리 금강산

수수만년 아름다운 산 못 가본 지 몇 해
오늘에야 찾을 날 왔다 금강산은 부른다.

‘비로봉 그 봉우리 짓밟힌 자리
흰 구름 솔바람도 무심히 가나
발아래 산해 만 리 보이지 마라
우리 다 맺힌 원한 풀릴 때까지….’

몹시 추웠던 2월의 어느 날.

강의 시작하고 30분이 지나도록 팔짱을 낀 채 나를 노려보는 남자분이 있었다.

재미있는 유머를 해도, 부드러운 미소와 따스한 눈길을 보내도 그에게는 통(通)하지 않았다. 청강하는 대부분 사람들의 태도가 너무나 냉소적이고 반응이 없어서 정말 난감했다. 올해 초부터 한 달에 두 번씩 북한 이탈 주민들을 대상으로 인천에 있는 '하나비전 교육원'에서 강의를 시작할 때였다. 그들은 상처받은 마음을 꽁꽁 동여매고 있었다.

그러다가 이날은 강연을 좀 새롭게 구성해보기로 했다. 일방적인 내용전달이 아닌 쌍방이 함께 소통하는 기회를 만들기로 하였다. 나와 수강자들, 그리고 수강자들 사이를 가로막은 장벽을 허물 수 있는 방법을 생각해 보았다. 먼저 1시간 동안 소통의 중요성에 대해 강연을 한 후 '내 인생 최고의 성공경험' 대해 각각 발표를 하자고 제안했다. 뜻밖에 너무나 적극적인 태도에 놀랐다. 모두 펜을 꺼내더니 활동지에 적기 시작했다. 「선물」이라는 노래가 잔잔히 흐르는 가운데 종이 위의 필기구들도 사연을 따라 열심히 흐르고 있었다. 10여 분의 시간이 금방 지나갔다.

한 분씩 자신이 쓴 내용을 읽어 내려갔다. 발표를 하는 모든 분의 얼굴이 사과처럼 발그레해졌다. 용기와 수줍음과 아픔과 공감의 기류(氣類)가 강의실에 감동적으로 퍼져 나갔다.

이들의 최고의 성공경험은 하나같이 "남한이라는 자유의 땅을 밟은 것."이라고 말했다.

이 땅을 밟기까지 이들의 목숨을 건 처절한 사연들은 정말 눈물 없이는 들을 수 없을 지경이었다. 상기된 얼굴과 떨리는 목소리, 그리고 서로를 보듬는 표정들….

눈망울이 서글서글하고 아름다운 어느 30대의 주부는 중국에서 7살 딸아이가 북한으로 강제송환된 사연을 들려주었다. 언젠가는 딸을 만나리라는 희망을 놓지 않고 당당한 엄마의 모습으로 살겠다며 두 주먹을 불끈 쥐었다.

이 주부의 등 뒤에서 2살짜리 남자 아기가 쌔근쌔근 자고 있었다. 나는 눈물이 많기는 하지만 강의 시간에 이렇게 대놓고 운 적은 없었다.

이야기를 펼치고 접으며, 울고 웃으며 우리의 마음은 하나가 되었다.

강연을 마치고 주섬주섬 노트북과 활동지 등을 챙기는데, 초반에 팔짱을 끼고 나를 노려보는 듯했던 그 남자분이 말을 걸어왔다.

"선생님 죄송합니다. 그리고 저희 이야기 들어주셔서 정말 감사합니다. 저. … 부탁이 있는데 한 번만 안아주세요."

나는 주저 없이 앙상하게 마른 그분을 살포시 안았다. 눈시울이 또 뜨거워졌다. 주변에 있는 분들이 모두 박수를 하며 환호했다. 벽에 붙어있는 하나비전 교육원의 캐치프레이즈(catchphrase) "우리는 하나!"라는 파란 글자가 더욱 선명하게 빛났다.

우리는 지금도 매회 '당신의 삶을 이야기하라!'라는 제목으로 동기 부여하는 시간을 갖는다.

얼마 전에는, 지인이 보낸 한 편의 동영상을 보게 되었다.

2014년 아일랜드 더블린에서 열린 '세계 젊은 지도자 회의'에서 북한 주민과 탈북자들의 참담한 인권유린을 고발한 탈북 여대생 박연미의 영어 연설이었다.

나도 모르게 습관적으로 펜을 꺼내 한글 자막을 보며 적기 시작했다. 이 연설문의 사실관계 여부를 떠나 그녀의 절절한 사연에 가슴이 아팠다. 일부만 그대로 옮겨 보기로 한다.

"… 제가 9살 때 일입니다. 저는 제 친구의 어머니가 공개 처형당하는 것을 목격했습니다. 그녀의 죄명은 할리우드 영화를 봤다는 것입니다.

제 아버지는 북한을 탈출한 후 중국에서 돌아가셨습니다. 14살밖에 안 되었던 저는 새벽 3시에 몰래 아버지를 묻어드려야 했습니다.

저는 북한에 송환되는 것이 두려워 울 수도 없었습니다.

북한을 탈출한 첫날, 저는 어머니가 강간당하는 걸 목격했습니다. 강간범은 중국인 브로커였습니다. 그는 처음에는 13살인 저를 범하려 했습니다. 제 어머니는 저를 보호하기 위해 기꺼이 자신이 강간당하도록 하였습니다.

중국에는 30만 명에 달하는 탈북자들이 떠돌고 있습니다.

여기서 여성들과 10대 소녀 중에 70퍼센트는 범죄의 대상이 되거나 고작 200달러에 팔려가고 있습니다.

저희 가족이 고비사막을 횡단할 때, 나침반을 따라갔었습니다.

나침반이 고장 나자, 저희는 별을, 바로 '자유를 향하는 별'을 따라갔습니다.

오직 별들만이 저희와 함께한다고 느껴졌습니다. 저는 칼을 한 자루 가지고 다녔습니다. 만약 북한으로 송환되는 상황이 닥치면 저희는 스스로 목숨을 끊을 준비가 되어있었습니다. 저희는 사람답게 살고 싶었습니다…."

이 영상은 내가 과연 북한 사회에 대해서 얼마나 관심을 가지고 있었느냐를 반성하도록 만들었다. 마음이 먹먹해지면서 명치에 통증이 느껴졌다.

나는 그동안 이 사회의 화두인 '통일'에 대해 심각하게 생각해

본 적이 별로 없는 것 같다. 물론 탈북자들을 강의하고, 그들의 말을 들으면서 인간적인 아픔과 슬픔을 느끼기는 했지만.

작년에 어느 강사 모임에서 '통일을 해야 한다.' 혹은 '통일을 하지 않아도 된다.'라는 주제로 열띤 토론을 할 때도 나는 그냥 조용히 앉아있었다. 그 어느 쪽에도 명확한 생각을 해보지 않았기 때문이다.

이제는 탈북 주민들의 이야기를 정기적으로 듣게 되면서, 그리고 박연미 씨의 영상을 보면서 내가 할 수 있는 일이 무엇인지 고민하게 되었다.

처참하고 비극적인 생활을 하고 있는 북한의 주민들을 위해서 내가 할 수 있는 일은 무엇일까?

나는 지금 가곡 「그리운 금강산」을 듣고 있다.

*You are a storytelling!*

삶은 한 편의 이야기다

07
STORYTELLING

# 웃음과 개구리 뒷다리

영국이 한창 남아메리카를 개척할 당시 한 영국인 선교사가 포교활동을 목적으로 아마존강 하류에 도착했다. 그런데 원주민들이 모두 옷을 벗고 있을 뿐만 아니라, 몸이 온통 털로 덮여 있었다. 도대체 사람인지 원숭이인지 구별할 수가 없었다. 그래서 본국으로 급히 전보를 쳤다. “어떤 놈이 원숭이고 어떤 놈이 인간인지 구별할 수가 없다. 구별할 수 있는 방법이 뭔지 알려 달라.”

얼마 후 전보가 왔는데 내용은 이랬다. “웃는 놈이 인간이고 웃지 않는 놈이 원숭이다.”

인간을 가장 인간답게 하는 힘은 바로 웃음이다. 침팬지나 원숭이도 소리를 내며 웃는다고 하지만, 관계 속에서 남을 웃게 하고 스스로 미소 짓는 동물은 인간이 유일하다. 오늘날 웃음은 과학적이며 체계적으로 연구되어 그 가치가 날로 인정되고 있다.

히포크라테스는 "사람은 누구나 100명의 명의를 지녔다."며 체내에서 갖춰진 자연치유의 놀라운 능력에 대해서 설파했고, 영국의 철학자인 러셀(Bertrand Russell)은 "웃음은 만병통치약."이라고 했다. 그리고 "웃음이 가장 훌륭한 의사."라는 말도 있듯이 웃음이 건강에 좋다는 것은 누구나 다 아는 진부한 정설이다.

건강에 대한 TV 프로그램이 많이 있는데 출연한 의사들이 이구동성으로 유산소 운동을 적극적으로 권한다. 걷고 뛰는 유산소 운동도 중요하지만, 웃음이야말로 인체에 산소를 즉각 공급해주는 가장 효율적인 운동이라는 것이다.

『눈은 1분 만에 좋아진다』의 저자 콘노 세이시는 우리 몸이 산소 부족 상태에 빠지면 눈의 기능이 가장 먼저 저하된다고 했다. 역으로 말하면 유산소 운동인 웃음이 눈의 피로를 효과적으로 풀어줄 수 있다는 것이다. 웃음은 눈뿐 아니라 몸과 마음을 동반한 전신운동이다. 일단 미소를 지으면 먼저 안면근육이 움직인다. 그리고 배가 당길 정도로 박장대소하면 전신운동이 되고 이는 가장 무리 없고 바람직한 유산소 운동이다. 또한 스트레스를 해소하고, 혈액순환을 개선시키고, 면역력을 증가시켜 암 치료에도 도움을 준다고 한다.

유난히 뜨거웠던 지난여름, 암 투병으로 힘들어하시는 엄마를 모시고, 20명이나 되는 대가족이 강원도 양양으로 휴가를 다녀왔다. 늦은 밤까지 우리 다섯 자매는 숲 속 펜션 거실에서 수다 한마당을 펼쳤다. 한창 이야기꽃을 피우던 중 큰 언니가 엄마 이야기를 꺼냈다. 휴가 며칠 전, 통증으로 짜증이 부쩍 심해지신 엄마에게 언니가 말했단다. "TV에 암을 이겨 낸 의사가 나왔는데, 웃음이 최고의 보약이래. 본인도 웃음으로 건강을 되찾을 수 있었다면서 암 환자들은 매일매일 웃음 운동을 해야 한대. 그러니까 엄마도 무조건 많이 웃어."라며 방법을 설명했다.

"이렇게 윗니가 8개 정도 보일 정도로 '개구리' 하면서 웃어봐 엄마."

"뭐라 카노. 웃는다고 다 낫는다 카몬 얼마나 좋겠나, 그게 뭐 그 칸다고 되나? 택도 없는 씰 데 없는 소리 하지 마래이."

엄마는 언니의 열띤 설득에도 시큰둥하게 반응하였고, 맥이 빠진 언니가 화장실에 들어가 한참 동안 걸레를 빨고 나오는데 놀라운 광경을 목격하였다. 엄마가 거울을 보며 언니가 아까 알려준 대로 '개구리~', '개구리~' 소리를 내며 웃는 연습을 하고 있더라는 것이다. 언니의 이야기를 들으며 우리는 모두 빠알간 토끼 눈이 되었다.

더 슬퍼지기 전에 웃긴 얘기 한 토막.

시골의 한 외딴집에 나그네가 찾아와 하룻밤 쉬어 가기를 청했다.

주인 여자는 참으로 아름다웠어요.

"죄송하지만, 남편이 멀리 출타 중이고 사정이 이러니 곤란합니다."라고 꺼렸다.

하지만 나그네가 계속 애원하자, 사정이 하도 딱해 재워주기로 했다.

잠시 후 나그네는 방으로 안내되어 잠자리에 들었다.

하지만 나그네는 너무나 미인인 주인 여자 생각에 마음이 싱숭생숭하여 잠이 오지 않았다.

그런데 얼마 있으니 문을 두드리는 소리와 함께 주인 여자가 들어왔다.

"혼자 주무시기 쓸쓸하시죠?"

"네…, 사실 그 그렇습니다."

"혼자 주무시기 외로우시죠?"

"아 네…, 외 외 외롭지요."

나그네는 너무나 가슴이 울렁거려 말까지 막 더듬거렸다.

그러자 주인 여자가 생긋 웃으며 말했다.

"그럼 잘됐네요. 길 잃은 노인 한 분이 마침 오셨거든요."

이런 유머에 한 번 웃었다면 우리는 그만큼 젊어지는 것이다. 일소일소, 일로일로(一笑一少, 一怒一老)라고 하지 않던가? '소문만복래(笑門萬福來)'라는 말이 있다. '웃는 집 대문으로 온갖 복이 들어온다.'는 말이다. '웃음'이라는 단어와 '복'이라는 단어 사이에는 '건강'이라는 매개체가 존재한다.

요즘처럼 삶이 무겁고 힘들수록 웃음이 더욱 필요하다. 우리 뇌는 웃는 입 모양을 식별하는 전용 시스템이 있는데 이를 쉽게 자극하는 방법이 입꼬리를 위로 올려서 웃는 것이다. 입 모양만 바꾸어서 일부러 웃는 표정을 지어도 뇌는 이것을 실제 웃는 것으로 판단하게 되고, 우리 몸에 이로운 반응을 일으킨다고 한다.

나는 날마다 세 가지의 숨쉬기 운동을 한다. 첫째는 목숨, 육체와 관련이 있는 기본이 되는 운동. 둘째는 말숨, 말이 막히고 통하지 않으면 숨이 막히기에 필요한 운동. 셋째는 우숨, 위로부터의 숨을 말하는데 이게 바로 웃음.

"당신은 하루 동안 얼마나 웃고 지내는가?" 한국웃음 연구소에서 이 질문에 관한 답을 조사했는데, 성인이 하루에 웃는 횟

수는 평균 7회 정도 된다고 한다. 나는 하루에 억지웃음까지 모두 합하면 약 60회 정도 된다.

웃음은 몸을 건강하게 할 뿐 아니라 얼굴도 예쁘고 곱게 만들어준다. 웃음은 노화를 방지하는 최고의 화장품이다. 일요일마다 우리 교회에서는 폐회 송을 부를 때, 카메라로 성도들의 얼굴을 비춰준다. 그런데 성도들의 표정이 무척이나 경건하다. 그중에 활짝 웃는 내 모습으로 인해 나는 일명 '이쁜 집사님'으로 통한다. 이목구비가 화려하고 예쁜 얼굴은 아니지만 웃는 얼굴이 예쁘다고 붙여진 별명이다.

요즘 부드럽고 호감 가는 인상을 만들기 위해, 실리콘으로 만든 '미소 교정기'가 온라인 판매되고 있고, 가만히 있어도 미소 짓고 있는 것처럼 모양을 만들어주는 '입꼬리 성형수술'도 있다고 한다. 그런데 돈 안 들이고 입꼬리를 올릴 수 있는 방법이 있다.

자, 그럼 지금부터 예쁜 미소를 짓고 싶다면 '스마일 트레이닝'을 같이 해 보자.

1- 발음이 '리' 자로 끝나는 단어를 하나를 우선 선택하라!

미나리, 개구리, 병아리, 항아리, 메아리, 사다리….

2- 거울을 보면서 발음해 본다.

빠르게 하면 효과가 없으니 천천히 또박또박 발음해야 한다.

**3- '리' 발음을 유지하고, 양쪽 입꼬리가 올라간 상태로 20초 정도 멈춘다.**

꾸준히 연습하다 보면 버티는 시간이 점점 오래간다.

이 방법을 매일 연습한다면, 몸의 근육과 달리 얼굴 근육은 굉장히 얇고 가늘기 때문에 얼굴 근육이 변하는 데는 15일이면 충분하다. 좀 더 빨리 변하고 싶다면 수시로 연습해 보기를 권한다. 웃음보다 더 좋은 습관은 없다. 이제 방법을 알았다면 실천만이 남았다. 나는 이 원고를 쓰는 내내 억지웃음과 자연 웃음을 반복했다. 우리 모두 개구리 뒷다리처럼 탄력 있고 활기차게 살아갔으면 좋겠다. 그러기 위해 웃음을 실천하자.

'개구리 뒷다리~.'

*You are a storytelling!*

삶은 한 편의 이야기다

08
STORYTELLING

# 지금은 호모루덴스놀이하는 인간 시대

언제가 공자는 제자들과 함께 노나라 군주가 하늘에 제사를 지내던 제단인 무우대에 올랐다. 그곳에 올라 마음을 열고 풍경을 감상하던 공자는 제자들에게 이렇게 말한다.

"나는 이제 늙어서 더는 나를 쓰려는 사람이 없는 것 같구나. 하지만 너희는 포부를 펼칠 기회가 많으니 좀 묻고 싶구나. 만일 기회가 된다면 무슨 일을 어떻게 하고 싶으냐?"

제자 자로가 첫 번째로 대답한다.

"만일 천 량의 군마차를 가진 나라가 큰 나라 사이에 끼어서 이웃 군대의 침범을 받고 있는 데다 기근까지 심한 상황에 처해 있는데 제게 3년의 시간이 주어져 그 나라를 다스리라고 한다면, 저는 그 백성을 용맹한 전사이자 또 예의를 아는 사람들로 만들 자신이 있습니다."

공자는 자로의 대답을 듣고 웃었다. 이어 염구가 대답한다.

"사방이 수십 리에 불과한 작은 나라를 저에게 다스리라고 한다면, 3년 안에 백성을 풍족하게 할 것입니다. 예악으로 수양하고, 현인과 군자를 모셔와 가르침을 베풀겠습니다."

공자는 아무 말도 하지 않았다. 공서화가 대답한다.

"제게 그런 재주가 있는지는 잘 모르겠습니다. 그저 공부를 하고 싶을 뿐입니다. 종묘(宗廟)에서 제사를 지내거나 제후들이 회맹할 때 예복을 입고, 예모를 쓰고 그저 의식을 진행하는 들러리 역할을 하고 싶습니다."

공자는 부정도 긍정도 하지 않았다. 마지막으로 증점이 대답한다.

"저의 포부는 꽃피는 따뜻한 봄날이 오면 대여섯 명쯤 되는 어른과 예닐곱쯤 되는 아이를 데리고 기수에서 목욕도 하고 무우대에 올라 바람도 쐬고 노래도 부르다 집으로 돌아가는 것입니다."

증점의 대답에 주위에 있던 제자들은 기다렸단 듯이 웃음을 터트렸다. 공자만은 예외였다. 공자는 증점의 포부를 칭찬했다. 이 이야기를 들은 자공은 의문을 품는다. 증점이 칭찬받은 이유를 도저히 알 수 없었다. 그래서 공자에게 물었다. 공자는 이렇게 대답했다.

"자공아, 일은 중요하다. 하지만 사람이 세상을 사는 데는 일뿐 아니라 생활도 있는 법이니라. 너는 늘 멀리 하늘과 땅이 맞닿는 곳까지 다니기를 좋아하지. 그것은 언제나 하늘에 떠 있는 아름다운 별을 좇기 때문이니라. 하지만 별을 좇으면서도 길가의 꽃 역시 잊지 말아야 할 것이니라."

공자는 이어 자공을 향해 이렇게 말한다.

"우리가 세상에 살면서 이런 순간을 더 체험하고 느껴보아야 하지 않겠느냐?"

– 우간린의 『어떻게 원하는 삶을 살 것인가?』 중에서

봄 향기 날리던 4월의 어느 멋진 날에, 경애 언니와 '밥 콘서트'라는 공연을 보았다.

'밥(bob)'이라는 이름이 참 재미있고 인상적이다. 밥 콘서트는 다양한 문화예술 프로그램으로, 밥 먹고 살기 힘든 현대인들에게 입맛 돋우는 '어머니의 집밥'과 같은 밥심 나는 '희망'의 역할과 문화예술인들에게는 끼니 걱정 없이 자유롭게 꿈을 펼칠 수 있도록 무대를 제공하고 처우를 지원하는 하는 공연이다.

희망의 밥문화를 창조하는 콘서트라고 하니 더 큰 의미와 감동이 전해졌다.

문화예술인들이 무대 위에서 대중들과 함께 소통하며 기뻐하는 모습이 너무나 아름다웠다. 특히, 2013년 한국 기타협회 국제 기타 콩쿨 고등부 최우수상을 수상하고 2014년 러시아 블라디보스토크 콩쿠르에서 입상한 장하은 양의 기타연주가 인상적이었다. 작은 소녀가 작은 기타 하나로 큰 무대를 감동으로 꽉 채웠다. 연주를 다 마쳤는데도 뜨거운 박수갈채와 환호 소리는 멈추지 않았고 계속되었다. 나도 손이 아플 정도로 박수를 했다.

내 몸에 '엔도르핀'과 '다이돌핀'이라는 호르몬이 마구 분비되는 듯했다.

엔도르핀은 기쁘고 즐거울 때 주로 생기는 호르몬으로 정서적인 스트레스를 해소하여 긍정적인 마음을 갖는 데 도움이 되고, 다이돌핀은 엔도르핀과 비슷한 작용을 하면서도 4,000배의 효과가 있다고 밝혀졌는데 큰 감동을 받을 때 나오는 신경전달물질이라고 한다. 좋은 노래를 듣거나 공연을 볼 때, 여행 가서 아름다운 자연에 감동하거나 목표한 바를 성취했을 때, 누군가를 사랑할 때 분비되며 이것은 몸의 면역체계를 강화시켜 건강에 큰 도움이 된다고 한다.

요즘 나에게 독서의 엔도르핀을 나오게 하는 유시민 작가가 말했다. 삶의 위대한 네 가지 영역은 일, 사랑, 놀이, 연대라고 하면서 우리의 삶을 어떤 내용으로 채울 것인가를 고민하라고 했다.

나는 16년 차 강의를 하는 강사로 즐겁게 일하고 있다. 그러나 이 일이 아무리 즐거워도 내 인생에 전부는 아니다. 사람들과의 관계 속에서 사랑받고 사랑하는 일도, 누군가와 손잡고 함께 연대하여 나아가는 일도 소중하며 의미가 있다. 그러나, 무엇보다 노는 것도 매우 중요하다.

니체는 도대체 지칠 줄 모르고 노는 아이들을 따라가 보라며 이렇게 말했다. "어린이는 생성이며, 놀이이며, 스스로 굴러가는 바퀴이며, 새로운 시작이며, 신선한 긍정이다."

'놀이'란 인간의 생존과 관련 있는 활동과 일을 제외한 신체적, 정신적인 모든 활동을 의미한다. 놀이는 즐거워서 자발적으로 하는 활동이다. 결코, 일의 반대말이 '놀이' 가 아니다.

나는 연극, 영화, 뮤지컬, 독서, 공연, 강연, 등 정신적 자극을 주거나 환기를 시켜주며 편안함을 느끼는 놀이를 좋아한다. 또한, 아기자기하고 예쁜 소품들을 모으는 놀이도 즐긴다. 공원이나 산속에서 자연을 바라보며 멍하니 앉아 쉬는 것도 좋아하는 놀이다.

지금은 바야흐로 호모루덴스(Homo Ludens) 시대!

20세기 네덜란드의 인류학자 요한 하위징아는 놀이에 몰두하며 자연스럽게 창의성과 상상력을 갖추게 된 유희적 인간을 '호모루덴스'라 명명했다. 놀이야말로 인류문화의 기원이자 근본적인 에너지임을 주장했다. 요즘 경제가 어렵고 청년 실업이 심각한 이 시대에 이렇게 말하면 '배부른 소리 한다.'고 할 수도 있겠지만, 나는 어려울 때일수록 마음과 몸의 여유가 중요하다는 것을 말하고 싶다.

OECD 회원국 가운데 노동시간이 프랑스가 34.1, 영국이 36.1, 일본은 38.9, 한국이 50시간으로 1위다. 한마디로 우리나라는 워커홀릭(workaholic)이다. 워커홀릭은 말 그대로 일 중독자나 업무중독자들을 일컫는다.

모 대선후보가 '5시 퇴근, 주 35시간 노동시대' 공약을 내놓았다. 내가 사는 인천에서 출근길 유세를 펼친 그 후보는 기자회견에서 "과로 사회 탈출과 인간존중, 4차 산업혁명 시대를 위해 노동시간을 단축해야 한다."고 말했다.

오늘 유튜브를 통해 문화 심리학자 김정운 교수의 강의를 들었다. 제목부터 기발하고 재미있다. "나는 놈 위에 노는 놈 있다!"

이 제목을 만들고 스스로 감탄했다며 특유의 웃음소리를 내었다. 어쩜 이리도 유쾌 상쾌 통쾌하게 메시지를 전달할까? 마치 즐겁게 노는 것처럼 강연을 펼쳐나갔다.

잘 노는 사람이 일도 잘하고 행복하다고 강조했다. 우리나라는 '잘 논다.'는 것은 장점으로 인정받지 못하는 것 같다. 김 교수는 놀이의 핵심이 '재미'와 '감동'인데 요즘 많이 사라진 것 같다면서 일상에서 사람이나 어떤 대상에게 감탄사를 자주 사용하라고 했다.

감동하라!

감탄하라!

이 두 마디를 내 마음에 깊이 새겼다.

그는 강연 말미에 연습이 필요하다면서 크게 감탄사를 외치며 마무리하자고 했다. 나도 모니터를 보고 활짝 웃으며 외쳤다. 실제 그의 강연은 감탄사가 절로 났다.

"와우."

아!~ 푸르른 5월이다. 놀기에 딱 좋은 계절이다.

당신은 지금 어떻게 놀고 있나?

*You are a storytelling!*

삶은 한 편의 이야기다

09
STORYTELLING

# 함께 행복, 우분투UBUNTU

한 인류학자가 아프리카 한 부족의 아이들에게 게임을 하자고 제안했다.

그는 근처 나무에 아이들이 좋아하는 맛난 음식을 매달아 놓고, 먼저 도착한 사람이 그것을 먹을 수 있다고 하고 '시작'을 외쳤다.

학자들은 아이들이 1등을 하기 위해 각자 기를 쓰고 달릴 거라고 생각했다.

그런데 예상과 달리 아이들은 각자 뛰어가지 않고, 모두 손을 잡고 한 줄로 나란히 달리는 것이 아닌가? 결국, 다 같이 골인 지점에 도착한 아이들은 함께 나누어 먹었다.

인류학자는 아이들에게 "한 명이 먼저 가면 다 차지할 수 있는데 왜 함께 뛰어갔지?" 하고 물었다.

그러자 아이들은 한목소리로 이렇게 외쳤다. "우분투(UBUNTU)!"

"다른 친구들이 모두 슬픈데 어째서 나 한 명만 행복해질 수 있나요?" 하고 대답했다.

- 『그깟 행복』, 「토끼, 거북이」편 중에서, 김재은

'우분투'란, '네가 있기에 내가 있고, 우리가 있기에 내가 있다.'는 뜻을 가진 아프리카 반투어의 인사말이다.

단순한 것 같지만, 그 속에는 서로에 대한 존중과 신뢰라는 아프리카 특유의 철학적 가치가 담겨있다. 노벨 평화상을 수상한 아프리카의 정신적 지주(支柱) 넬슨 만델라 대통령이 특별히 강조한 개념이다.

"우분투가 자신을 위해 일하지 말라고 강요하는 것은 아니다. 중요한 점은 당신의 주변 공동체가 더 나아지도록 일을 하고 있냐는 것이다. 이것이 인생에서 가장 중요한 점이다. 만약 당신이 그런 일을 하고 있다면, 다른 사람들이 고마워할 아주 중요한 일을 하고 있는 것이다." 나는 이 말을 마음속 깊이 새겨놓았다. 세계인권운동의 상징인 만델라는 '인간은 혼자서는 살아갈 수 없는 존재'라는 우분투 정신을 통해 인종 차별 정책을 종식시켰다.

내가 특별히 좋아하는 성경 구절이 있다. "네 의(義)를 빛같이 나타내시며 네 공의(公儀)를 정오의 빛같이 하시리로다. (시 39:6)"

이 말씀은 인생을 살아감에 '의로움'을 사명으로 여기라는 뜻이다. 사명은 나에게 '어떻게 하면 좋은 세상을 만들 수 있을까? 어떻게 하면 우리 함께 행복할 수 있을까?'라고 묻게 한다.

나의 사명이 진정 무엇인지 자문자답해본다.

감동을 통해 사람들의 상처를 보듬고 기쁨을 배가시키는 진정한 강사가 되라는 것이 아닐까? 또 글을 통해 사람들 삶에 선한 영향력을 미치고 변화를 이끌어내는 작가가 되라는 것이 아닐까? 나는 이런 사명감을 가지고 나눔을 실천하는 두 줄기 빛이 되려고 노력하고 있다. 아직은 많이 부족하지만.

나는 지금 '부스러기'라는 사랑 나눔회를 통해 이강훈(가명)이라는 15세 중학생과 인연을 맺고 있다. '부스러기' 사랑 나눔회는 복지 사각지대에 놓인 빈곤 아동과 가족을 후원하는 단체다. 오래전에 대전 지역 아동 센터 교사 교육을 하러 갔다가 그곳 원장님 책상 위에 놓여 있는 이 소식지를 보고 알게 되었다. 그 뒤로 지금까지 인연을 맺게 된 것이다. 서류함을 정리하다 보니 작년 이맘때쯤 강훈이가 보낸 삐뚤빼뚤한 편지가 눈에 띄었다.

TO. 후원자님께

안녕하세요? 강훈이에요. 작년에 이 편지를 쓴 것 같은데 벌써 1년이 지났네요.

2016년 한 해 동안 장학금을 보내주셔서 감사합니다. 그리고 이번 가을·겨울에 상당히 춥습니다. 감기 조심하세요.

얼마 후면 크리스마스가 다가옵니다. 아쉽게도 크리스마스가 일요일이네요. 평일이면 하루 더 쉴 수 있었는데 못 쉬게 되어서 아쉽네요. 그래도 즐겁고 의미 있는 크리스마스가 되었으면 하네요

그럼 이만 편지를 마무리하겠습니다. 미리 메리 크리스마스.

– 10월 31일

며칠 전, 강훈이를 돌보고 있는 지역아동센터 교사가 지난 6개월 동안의 강훈이의 성장 스토리를 적은 편지를 보내주었다. 알코올 중독으로 병원에 입원해 있는 강훈이 아버지가 외박을 나오면 여전히 술에 취해 가족에게 폭력을 행사하여 강훈이는 구토, 두통, 식욕감퇴, 우울증 등의 심각한 지경에 이르자 강훈이의 어머니는 이혼을 결정했다. 부모의 이혼 후 아버지 모습을 보지 않게 되니 강훈이는 서서히 안정을 찾아가고 있다며 다행이라고 했

다. 강훈이는 프로야구를 무척 좋아하는데 후원금을 아껴 자신이 응원하는 팀의 SK 와이번스 유니폼을 장만하여 뽐내기도 한다는 소식을 전해주었다. 다시 읽어보아도 콧날이 시큰해진다. 강훈이가 큰 홈런은 아니더라도 우리 사회에 기여하는 소중한 안타를 칠 수 있는 사람으로 자라길….

요즘 매일 마음을 찡~ 울리는 명언 하나씩 적어 놓는 습관이 생겼다. 오늘은 누군가 페이스북에 올린 글 중에서 하나를 발견했다. 나는 얼른 수첩에 또박또박 써내려갔다.

"선한 사람이 다쳤을 때, 선하고자 하는 사람은 누구나 그와 함께 아파해야 한다." 그리스의 비극 작가인 에우리피데스가 한 말이라는데 참 경건하다. 많은 댓글 속에 눈에 띄는 또 한 줄이 있다.

"선행은 절대 홀로가 아니다. 모든 선행은 더욱 더 큰 선행이 이루어지는 데 기여한다." 내 수첩에 자리 잡은 글자들이 반짝반짝 보석처럼 빛을 낸다.

아! 지난여름은 참 고단했었다.

날씨는 유난히 더운데 강의하랴, 살림하랴, 공부하랴, 사적으로 공적으로 일이 많았다. 여름 끝 무렵, 그동안 애쓴 나에게 나는 작은 사치를 허락하기로 했다. 동네 사우나에 가서 마사지를 받기로 했다. 며칠 전에 예약해 놓고 집을 나서는데, 이날도 여느 때와 마찬가지로 파란색 머리띠를 곱게 두르시고, 열심히 일하시는 청소부 아주머니를 만났다. 송글 송글 땀방울이 이마에 가득했다. 나는 얼른 승강기를 타고 내려가 아이스 아메리카노 두 잔을 사서 아주머니에게 한 잔을 건넸다.

구수한 충청도 사투리가 정겨운 아주머니는 박꽃 같은 웃음이 일품이다. 힘든 일을 하시면서도 늘 이리도 고운 표정을 짓다니…. 뵐 때마다 기분을 좋아지게 하는 분이다.

"사모님 복 받을 껴~. 나도 복 많이 받은 사람이여~. 이 아파트에서 일하니 이렇게 좋은 분을 만났나 벼~. 아이구 시원해라. 올여름은 사모님 덕분에 시원하게 보냈네그려. 증말 복 받을 껴여, 생김새도 벌써 복 많은 받을 상이여 하하하…."

"저도 기분 좋아요. 아주머니를 만날 때마다 이렇게 칭찬을 듣잖아요. 호호호…."

우리는 서로 덕담을 주고받으며 한참 동안 웃음을 이어갔다. 이렇게 가끔 아주머니를 만나 커피와 웃음을 나누는 일도 나의 소박한 기쁨 중 하나가 된 지 오래다.

마사지 예약 시간에 딱 맞춰 입구로 들어서는데, 벽면에 오드리 헵번의 대형 브로마이드가 걸려있었다. 내가 참 좋아하는 배우다. 그녀는 아주 오래전부터 나의 롤모델이며, 가장 닮고 싶은 아름다운 여인이다. 그녀의 아들에게 보낸 유언 시가 생각난다.

> "… 또 네가 나이가 더 들게 되면 손이 두 개라는 것을 발견하게 될 것이다.
>
> 한 손은 너 자신을 돕는 손이고, 다른 한 손은 다른 사람을 돕는 손이라는 것을."

나의 두 손을 잘 사용하는 것이 나의 사명이라 여기고 마음에 새긴다.

한 손은 나를 위해, 다른 한 손은 다른 사람을 돕는 것임을. 그것이 우리 모두 함께 행복해지는 것임을….

집으로 돌아오는 길에, 마알간 하늘을 무심코 올려다보았다. 하늘이 한층 높아 보인다. 가을이 오나 보다. 구름도 새들도 바람도 모두 모두 다정하기도 하다.

"우분투~."

*You are a storytelling!*

삶은 한 편의 이야기다

10
STORYTELLING

# 행복은 어디에 있나?

창조주가 들짐승 날짐승 등 온갖 동물을 만들어 땅으로 내려 보냈다.

동물들은 모두 기쁜 마음으로 산과 들과 바다로 가서 살 곳을 정했다. 그런데 새들만 불만스럽게 입을 쭈욱 내밀고 있었다.

창조주가 물었다. "왜 너희들은 잔뜩 화가 나 있느냐?"

"다른 동물들은 튼튼한 다리를 4개나 만들어주면서 왜 우리는 가느다란 다리 2개만 줘서 뛰기는커녕 걷기도 어렵게 하나요? 게다가 우리에겐 양어깨에 '날개'라는 무거운 짐까지 매달아 주신 이유가 뭡니까? 정말이지 이건 불공평해요."

창조주는 새들의 불평불만을 모두 듣고 난 후 부드럽게 미소 지으며 말했다.

"너희가 무거운 짐이라고 생각하는 날개를 활짝 펴 보아라."

맨 먼저 독수리가 용기를 내어 무거운 날개를 활짝 펴보았다.

그러자 몸은 깃털처럼 가벼워지면서 하늘을 날아올랐고, 뒤이어 다른 새들도 날기 시작했다. 가는 다리는 품속에 집어넣을 수 있어 더 빨리 날 수 있었다.

날개가 있는 새들은 하늘을 날 수 있었고 다른 동물들이 부러워했다.

하지만 날개를 사용해보지도 않고 계속 불평만 하던 새들은 아직도 두 발만으로 뛰어다니는 타조가 되었다고 한다.

-『새들의 불평』, 이스라엘 구전 우화

좀 오래된 노래「나 하나의 사랑은 가고」에 "등이 휠 것 같은 삶의 무게여~."라는 가사가 있다. 우리는 저마다 삶의 무거운 짐 보따리를 지고 살아간다. 일상적으로 매일 꼭 해야 하는 일들, 반드시 책임져야 하는 과제들, 여러 사람의 다양한 기대치에 부응해야 하는 이런저런 난제들…. 이런 것들이 우리의 등을 휘게 한다. 등에 진 짐을 가슴으로 끌어안으면 행복할 수 있다는 말도 있긴 하지만, 물론 등에 지기보다는 가슴에 보듬고 가는 것이 좋겠지만 우리네 삶의 무게는 그렇게 만만치 않을 것이다.

그렇지만 우리는 소소한 일상에서 행복을 느낄 때가 종종 있다.

이른 아침 엘리베이터를 탔는데 어느 고운 할머니께서 "예쁜 아주머니 오늘도 기분 좋은 날 보내요."라며 먼저 인사를 건넸을 때,

남편과 다투고 꽁하고 있는데, 딸이 코 묻은 돈을 내밀며 내 기분을 풀어주려고 하는 모습을 볼 때,

부모님 돌아가신 후 나의 슬픈 마음 위로해 준다면서 스파게티를 만들어 준 친구 현미의 손길을 느낄 때,

나만 보면 하루가 기분이 좋아진다며 따스한 미소를 날리시는 청소부 아주머니를 만났을 때,

강연을 마치고 돌아오는 차 안 라디오에서 제일 좋아하는 추억의 팝송 제니퍼 러쉬의 「The power of love」가 들려올 때,

노란 병아리 같은 두 살배기 아이가 엄마 손을 꼬옥 잡고 횡단보도를 건너는 모습을 볼 때,

무심코 올려다본 파란 가을 하늘에 활짝 피어있는 뭉게구름이 우연히 눈에 들어올 때.

나는 행복하다.

나는 한 달에 세 번 북한 이탈 주민을 대상으로 강연을 한다.

지난주에는 인천 논현동 하나비전 센터에서 20대에서 60대까지 다양한 연령대의 여성을 만났다. 2시간이 20분처럼 빠르게 지나갔다. 그야말로 마음이 통(通)하는 시간이었다. 헤어지는 것

이 아쉬워서 우리는 손을 잡고 식당으로 향했다. 뽀얗고 진한 황탯국을 먹으며 도란도란 이야기꽃을 피웠다.

볼이 발그레한 20대의 앳된 김순* 님이 제일 먼저 나에게 말을 건넸다. “강사님 저는 남한에서 중학교와 고등학교를 졸업했어요. 지금까지 수많은 강연을 들었는데 오늘 강연이 제일 감동적이었어요.”

내 앞에 앉은 60대 후반의 김선* 님이 아주 걸죽한 목소리로 뚝배기 국물을 비우며 말씀하셨다. “저는 오늘 너무너무 행복해요. 남한에 와서 매일 하얀 쌀밥을 먹을 수 있다는 것이 제일 행복해요. 그런데 오늘은 ‘마음의 밥’까지 먹게 되었어요. 그래서 저는 힘이 불끈 납니다. 강사님 대단히 감사합니다.”

그러자 옆에 있던 30대의 또 한 분이 말을 이어받았다. “저는 이곳에서 아이를 낳고 직장생활을 하다가 지금은 그만두었어요. 말투가 특이해서 자꾸만 주목을 받다 보니 자신감도 없어지고 무기력해졌어요. 그런데 오늘 강의를 듣고 저도 이 세상에 쓸모있는 사람이 되어야겠다는 생각을 했어요.”

많은 분의 칭찬세례에 나는 몸 둘 바를 몰랐다. 강사로서 이보다 더 기쁜 순간은 없다. 연신 ‘감사합니다.’라는 말만 반복하며 그분들에게 고개를 숙였다. 나는 이럴 때 행복감이 밀려온다.

1910년 프랑스 파리에서 출생한 사르트르는 그의 나이 한 살

때 아버지가 돌아가시고, 그 역시 한쪽 눈이 안 보였고 건강도 나빴다. 그는 자신의 존재 가치에 대해 늘 고민했다. 아무 목적 없이 이 세상에 태어났다고 생각했다. 이런 불안에서 벗어나기 위해 어릴 때부터 할아버지 서재에서 닥치는 대로 책을 읽었고 나중에는 '쓰기'로 이어갔다. 자신은 글을 쓰기 위해 태어났다는 생각을 하며 글쓰기에 몰두했다. 『1964년 말(Les Mots)』이라는 자서전을 출간해서 노벨 문학상 수상자로 선정된 그는 몸이 건강하지 않았지만 이런 자신의 삶이 '행복했다'라고 말했다.

"이제야 이 세상에서 요구하는 사람이 된 것이다. … 중략 … 무슨 이유인지는 몰라도 그들이 나의 구원을 필요로 하고 그 필요가 나를 탄생시켰기 때문이다."

– 『말』 (민음사, 2008년)

사르트르는 자신의 사명이 무엇인지 깨달았기에 행복할 수 있었다. 이 세상에 쓸모 있는 자신을 발견할 때 진정 행복의 첫걸음이 시작되는 것이 아닐까. 거창한 그 무엇이 아니더라도 자신이 있는 그 자리에서, 자신의 일이 가치가 있고 누군가에게 도움이 되는 필요한 일임을 알게 될 때 말이다.

요즘 부쩍 행복을 주제로 강의를 해달라는 요청이 많이 들어온다. 회사 워크숍 강의에서도, 강사 코치 강의에서도, 시민 특강에서도 '행복'을 주문한다.

얼마 전 후배 현정이와 안면도로 여행했었다. 소나무 울창한 야외 카페에서 생맥주를 나누며 수다 삼매경에 빠져 있다가 대뜸 현정이가 "선배 행복해요?"라고 물었다. 나는 0.1초의 망설임도 없이 "예스!"라고 힘차게 대답했다. '행복'에 대한 강의를 하는 나 자신이 행복해야 한다. 틈틈이 유튜브를 통해 행복과 관련된 강연을 듣는다. 매일매일 조금씩이라도 듣기 위해 마음과 귀를 연다.

오늘은 최인철 교수의 행복특강을 들었다. 그는 '일상의, 일상에 의한, 일상을 위한 행복'을 만들어나가라고 말했다.

행복이 어디에 있나? 나에게 누군가 조용히 묻는다면, 나는 큰 소리로 말하고 싶다.

그 어디가 아니라. 지금 여기에 '행복'이 있다고. 지금 당장 행복하라고….

"happiness is now here!"

우리가 거추장스럽게 생각하는 것들이 사실은 무거운 짐이 아니라 비상할 수 있는 날개가 아닐까? 지금 당장 여기서 자신을 긍정적으로 돌아보자. 내 날개가 독수리처럼 웅장하지 않으면 어떤가? 공작처럼 화려하지 않으면 또 어떤가?

# 제3부

# 노년이여, 더욱 행복하시라!

**Creative writing** and storytelling

*You are a storytelling!*

삶은 한 편의 이야기다

01
STORYTELLING

# 내 나이가 어때서!

우연히 찾게 된 사진
한참을 잊은 채로 살았는데
교복을 입고 웃고 있는 나
세월 참 빠르구나

… 중략 …

소리 질러 나 아직 살아 있다고
소리 질러 나 아직 꿈이 있다고
이 세상이 나의 발목을 잡아도
가끔씩은 이렇게 소리 질러
나 살아있음을.

– 「소리질러」 중에서, 원미연

오늘은 서울·경기 지역에 폭염주의보가 내렸다. 6월의 뜨거운 여름 햇살이 절정에 이른 듯하다. 아~ 덥다. 벚꽃 이야기를 나눈 것이 엊그제 같은데, 오늘은 나무 그늘 이야기를 하고 내일은 단풍놀이 이야기를 하겠지.

요즘은 사계절의 구분이 예전만큼 뚜렷하지 않다. 어쩌면 우리의 나이테도 그렇지 않을까? 내 나이 벌써 오십. 백세 시대라고 하니 딱 반백 년을 살아온 셈이다.

어느덧 중년이 된 나는 걱정이 이만저만이 아니었다. 젊었을 때의 총기는 오간 데 없다. 핸드폰을 어디에 두었는지 사방팔방 찾으러 다니기 일쑤고, 문은 잘 잠그고 나왔는지, 가스 불은 껐는지 기억이 나지 않아 다시 집으로 들어갔다 나오곤 한다. 세탁소에 옷을 맡겨두고 깜박 잊고 있다가 거의 한 달이 다 되어서야 연락받고 찾은 적도 있다. 언젠가는 차를 어디에 주차했는지 도무지 기억이 나아 않아 무거운 노트북과 책, 그리고 가방을 들고 찾아다니다 보니 팔뚝이 끊어질 듯 아팠다. 미로 같은 주차장을 무려 20분 이상 헤매다가 드디어 재활용 코너 옆에 폭 엎드려 있는 나의 애마와 상봉했다. 가까스로 몸을 실으니 액셀을 밟기조차 힘들었다. 기진맥진 지친 내 몸과 마음에는 땀이 흥건하게 배어있었다.

요즘 어느 때는 자리에서 일어날 때 머리가 띵~한 경우도 있는

데, 혹시 뇌에 이상이 있는 건 아닌지 덜컥 겁이 나기도 한다. 벌써 치매가 온 건 아닐까?

하루는 뇌에 좋다는 호두를 꼭꼭 씹어 먹으며 TV를 시청하는데, 마침 '치매와 건망증'에 대한 내용이 나왔다. 나는 시선을 집중했다. 방청석에 앉아있는 중년분들이 나와 비슷한 경험들을 하나하나 털어놓았다. 강사로 나온 정신과 의사는 이런 증상은 중년에 나타나는 자연스러운 현상이며 치매가 아니라 단순한 주의력 결핍과 관련이 많다는 것이다. 건망증은 나이가 들면서 누구에게나 나타날 수 있는 일반적 현상임을 강조했다. 나는 더 맛있게 호두를 먹을 수 있었다.

오십을 일컬어 '지천명'이라고 했지만, 요즘은 65세 이상을 노인으로 간주하므로 대략 마흔에서 예순까지의 연령대를 중년으로 보면 된다. 일반적으로 중년이 되면 뇌의 기능 전반이 저하되는 것으로 알고 있다. 그러나 최근의 뇌 과학은 이러한 우리의 상식을 깨는 결과를 속속 내놓고 있다.

펜실베이니아 주립대학교의 심리학자 셰리 윌리스(sherry wills)와 남편 워너샤이(k.warner schaie)는 가장 장기적이고 규모가 크며 신뢰성이 높은 종단 연구를 했다. 종단 연구는 같은 사람을 추적하며 오래 연구한다는 것이다. 통칭 '시애틀 종단 연구'라 하여 1956년에 시작해서 40년이 넘는 동안 6,000여 명의 정신적

기량을 체계적으로 추적해 온 연구이다. 시애틀에 있는 대규모 건강관리 단체에서 무작위로 선택한 연구 참가자들은 모두 건강한 성인들로서 20세와 90세 사이의 다양한 직업을 가진 남녀 반반으로 구성되었다. 연구팀은 7년마다 참가자들을 다시 검사해서 그들이 어떻게 지내는지를 알아본다. 윌리는 정신 능력 여섯 가지 (어휘, 언어기억, 계산 능력, 공간 정향, 지각 속도, 귀납적 추리) 가운데 네 가지의 경우 최고 수준의 능력은 중년에서 발휘된다는 보고를 했다. 여러 인지 검사에서 다른 어떤 때보다 중년에 평균적으로 더 좋은 결과를 보여주고 있다고 그의 저서인 『중간의 삶』에서 밝혔다.

또한, 『가장 뛰어난 중년의 뇌』의 저자 바버라 스트로치도 "패턴인지, 어휘, 귀납적 추리, 공간 감각 등 최고의 수행력을 보인 사람들은 중년이다."라며 "우리의 뇌는 우리가 하는 것에 영향을 받는다."고 역설했다.

이렇듯 중년의 뇌는 가장 똑똑한 뇌라고 많은 뇌 과학자들이 말했다. 기억력과 주의력이 청년기보다 다소 떨어질 뿐, 판단력이나 이해력에 있어서는 문제가 전혀 없다는 것이다. 그동안 인생을 살면서 쌓인 경험을 토대로 생긴 종합적 사고 처리능력이 전성기에 와 있다고 보는 것이다. 즉, 젊은 뇌보다 더 이해를 잘하고 논리의 핵심을 잘 파악하고, 복잡한 문제를 해결하는 능력이 더욱 뛰어나다는 것이다.

예상 밖의 참으로 놀라운 연구 결과이다. 최고 수행력에 도달한 시기가 '중년'이라니! 이 사실에 용기가 마구 북돋아진다. '중년' 하면 마치 노쇠하는 듯한 느낌으로 막연하게 부정적인 이미지로 떠올리기 쉬운데 그건 기우(杞憂)일 뿐.

중년의 뇌는 더 똑똑하다.

중년의 뇌는 더 침착하다.

중년의 뇌는 더 성숙하다.

중년의 뇌는 더 행복하다.

중년의 뇌는 더 아름답다.

그렇다면 뇌의 건강을 위해 우리는 무엇을 해야 할까?

규칙적인 유산소 운동이 필요하고, 영양가 있는 음식을 섭취하는 것도 중요하지만. 뇌에게도 일정한 자극을 주어야 한다. 다소 진부하게 들릴지 모르겠지만, 이상을 잃어버리는 순간 늙는 것이다. 누군가 나에게 청춘이 무어냐고 물어본다면 나는 서슴지 않고 "용기 있게 도전하는 삶."이라고 대답할 것이다.

사무엘 울만의 「청춘」이라는 시를 음미해본다.

청춘이란 인생의 깊은 샘에서 솟아나는 신선한 정신이다.

청춘이란 두려움을 물리치는 용기와 안이함을 뿌리치는 모험심을 의미한다.

때로는 스무 살의 청년보다 예순 살의 노인이 더 청춘일 수 있다.

나이를 먹는다고 누구나 늙는 것은 아니다.

이상을 잃어버릴 때 비로소 늙는 것이다.

긴 중년을 갖는 건 인간만의 특징이라고 하는데, 주위를 보면 육십을 넘긴 청춘들의 아름다운 도전이 아주 많다.

나는 아침마다 열심히 시청하는 TV 프로그램이 있다. 매주 한 사람의 이야기를 다루는 『인간극장』이라는 다큐멘터리이다.

이번 주는 「99세 동환 씨 한 백 년 살아보니」라는 제목으로 조동환 할아버지의 진솔한 이야기가 펼쳐졌다. 웃는 모습이 돌아가신 아버지와 닮은 듯해서 더 친근하게 느껴진다. 할아버지께서는 이른 아침에 트럭에 몸을 싣고 철원 평야를 달린다. 농사를 짓기 위해 65세에 운전면허를 취득하셨다고 한다. 노인장께서 파란 트럭을 몰며 신나게 달리는 모습을 보면 경이롭기까지 하다.

조동환 할아버지는 지금까지 백 년을 사시면서 가장 좋았던 때는 찬란하게 빛났던 20, 30대가 아니고, 모든 면에서 성숙했던 60대였다고 힘주어 말씀하셨다. 가슴이 뭉클했다.

중년이여! 늦지 않았다.

'중년'은 절정의 시간이다. 현재 정거장에서 머물지 말고, 노년이라는 정거장을 향해 힘찬 시동을 걸어 보자. 자신을 성찰하고 주위에 호기심을 가지고 무언가 시작해 보자. 인생에 늦은 때가 어디 있나? 황혼이 더 아름답다.

젊음이 좋은 줄 몰랐던 것은 어쩌면 간절히 원해서 얻은 것이 아니라 저절로 다가왔기 때문일 것이다. 그냥 저절로 주어지는 것에는 기쁨이나 행복을 느끼기가 어렵다. 이제부턴 내면에 차곡차곡 내공을 쌓아, 간절히 원하는 삶을 스스로 만들어나가자.

이제 곧 가을이다! 코스모스 푸른 하늘을 향해 예쁘게 손짓하는 아름다운 계절. 노사연의 노래 「바램」에 나오는 노랫말처럼 우리는 늙어가는 것이 아니라 조금씩 익어가는 것이 아닐까? 우리의 삶도 자신만의 빛깔로 향기로 잘 익어가야겠다.

스스로 잘 익어가자. 그래야 진정 달콤한 열매를 맺을 수 있지 않을까?

*You are a storytelling!*

삶은 한 편의 이야기다

02

STORYTELLING

# 뇌가 건강한 중년이 되자!

"당신은 15분 전을 기억할 수 있습니까? 당신은 불과 15분 전 일도 잘 기억할 수 없는 치매 환자가 15분마다 1명씩 생기고 있다는 사실도 아십니까? 현재 우리나라에는 53만 명 이상의 치매 환자가 살고 있습니다. 53만 명, 이 숫자는 제주도에 사는 모든 사람의 수와 비슷합니다.

2012년 57만, 2025년 100만, 2043년 200만, 20년 뒤가 되면 이 땅에 200만의 치매 환자가 함께 살아가게 됩니다. 치매, 더는 남의 이야기가 아닙니다. 당신의 얘기가 될 수 있습니다. 만약 당신이 치매에 걸린다면 찬란했던 젊은 날도, 바로 어제 있었던 일도, 심지어는 15분 전에 했던 말도 기억할 수 없습니다. 늘 다니던 길도 잃어버릴 수도 있고 늘 함께한 가족도 잊어버릴 수 있습니다. 당신의 가족들은 치매 초기를 넘어서면 날마다

6~9시간을 당신을 씻기고 먹이고 입히고 지키기 위해 매달려야 합니다. 치매 환자 한 분을 돌보는 데 연간 1,968만 원이 필요하며 이는 5대 노인 질환 중 가장 높습니다.

치매는 어느새 우리 모두를 위협하고 조여오고 있지만, 치매는 아는 만큼 보이고 보이는 만큼 희망을 노래할 수 있습니다."

– 2013년 중앙 치매 센터 홍보 영상 내용 중에서

고령화로 인한 치매 문제가 갈수록 심각해지고 있다. 우연히 국립 치매 치료센터에서 대국민 홍보를 위해 제작한 영상을 보게 되었다. 위의 내용은 그중 일부이다.

얼마 전 문재인 대통령이 서울요양원을 방문해 '치매 국가 책임제'를 약속했다. 현재 20%인 치료비의 본인 부담률을 10%로 낮추고, 치매 지원센터를 늘리며 환자에게 전문 요양사를 파견하겠다는 내용이었다.

그런데 치료보다 더 중요한 건 예방이 아닐까 한다. 최근 보건복지부는 3권(勸. 즐길 것), 3금(禁. 참을 것), 3행(行. 챙길 것)의 '치매 예방 3.3.3 수칙'을 내놓았다. 3권은 일주일에 세 번 이상 걷기, 책·신문 읽고 글쓰기, 생선 채소 골고루 먹기를 말한다. 3금은 술, 담배 안 하기, 머리 다치지 않기이며 3행은 만성병 정기검진, 가족 친구와 연락하기(소통), 치매 조기검진을 실천하자는 것이다.

나는 3권에 주목하였고 특히 '읽기'를 강조하고 싶다. 가끔 복지관에서 어르신 대상으로 강연할 때마다 이 수칙을 언급한다. 4월에 돌아가신 나의 아버지께서도 혈관성 치매를 앓다가 돌아가셨기에 치매 예방 강연에 각별한 정성을 쏟는다.

건강보험심사 평가원 자료를 보면 치매 환자는 70세 이상 환자의 증가율이 가장 높지만 40~50대도 해마다 늘어나고 있어 주의해야 한다고 발표했다. 중년일수록 예방 효과가 탁월하다고 한다.

내 나이도 어느덧 50세. 하늘의 명을 안다는 지천명(知天命)이다. 진정 나에게 준 하늘의 명이 무엇일까? 그 의문의 해법을 풀 수 있는 실마리를 나는 '독서'에서 찾고자 한다. 타고난 운명을 감지하여 그 길로 곧장 나아가는 사람도 있겠지만 나 같이 평범한 사람은 남들이 정성스럽게 쌓아 올린 정신적 소산물을 읽으며 나를 돌아보고 사람을 이해하고 자연을 사랑하는 마음을 넓혀나가다 보면 삶의 의미를 알 수 있을 것 같다. 비록 천명을 알지 못하더라도 치매는 확실히 예방될 것이다.

얼마 전 가수 '인순이'의 강연을 들으러 가기 위해 지하철을 탔다. 강의를 나가는 날을 제외하고는 편안하게 독서를 할 수 있는

지하철을 애용한다. 또 지하철 안의 사람들 모습을 찬찬히 관찰하는 것도 즐거움 중 하나다.

발랄하고 파격적인 옷을 입은 대학생, 브랜드 등산복으로 치장한 아저씨, 올망졸망한 아이들을 데리고 있는 젊은 엄마, 중절모를 쓰고 한껏 멋을 내신 할아버지….

차림새는 각양각색이지만 한 가지 공통점이 있다. 모두 거북이목을 하고서 핸드폰 삼매경에 빠져 있다. 핸드폰을 들여다보고 있는 모습이 어쩌면 이리도 똑같을까?

지난해 여론조사기관인 트렌드모니터가 발표한 결과가 생각난다. 한국인 1,000명을 대상으로 스마트폰을 사용하면서 가장 줄어든 활동이 무엇인가 조사했더니 독서(41.5%)와 신문읽기(40.2%)가 가장 높게 나타났다.

나는 전자책보다 종이책이 좋다. 디지털 화면의 글 읽기와 종이로 된 글 읽기의 차이는 크다. 화면을 통해 텍스트를 읽을 때는 집중력이 약화하여 사고력의 폭과 깊이가 떨어질 수밖에 없다. 종이책은 단어 하나 문장 한 줄에 의미를 찾고, 책장마다 펼쳐지는 이야기 속으로 상상의 나래를 더 넓게 펼칠 수 있다.

인생의 길을 안내하는 나침반 같은 글, 마음에 드는 문장을 발견했을 때 '아~!' 하는 감탄사가 절로 난다. 이럴 때 얼른 빨간색 볼펜으로 밑줄을 긋고, 문득 떠오르는 생각을 빈 곳에 마구 적어 놓는다. 그리고 책 모서리에 살포시 귀 접기를 한다. 책장을 넘길 때의 '샤샤샥'하는 소리도 짜릿하다. 마지막 페이지를 덮으면 손에 전해지는 책의 무게감이 뿌듯함을 더하고, 책은 어느새 '꽃'이 되어있다. 형형색색의 밑줄과 알록달록 포스트잇으로 예쁘게 꾸며진 꽃. 그 꽃은 책장의 화단에 또 하나의 장식이 된다. 독서는 시간을 소비하는 것이 아니라 저축하는 것이다. 교양과 지성을 쌓는 것이다. 서울에서 인천으로 돌아오는 지하철에서 핸드폰 속 온라인 서점으로 들어가 『나는 죽을 때까지 재미있게 살고 싶다』라는 책을 구매했다. 아~ 설렌다. 빨리 이 책을 만나고 싶다.

코넬 대학교의 조지프 마이클스는 '나이를 먹어가면서 뇌는 긍정적인 것에 집중하고 부정적인 것을 멀리하는 기능을 활성화하고 통제한다.'라는 사실을 발견했다. 중년의 뇌는 기억력만 다소 떨어질 뿐 판단력과 이해력이 증진되는 시기로서 가장 똑똑한 뇌라고 과학자들은 입을 모아 말한다. 그러므로 중년의 시기가 독서의 최적기하고 할 수 있다.

결코, 슬퍼하거나 노여워하지 말자.
생각만은 노화되지 않게 하자.
끊임없이 읽고 쓰고 대화하자.
뇌가 건강한 중년이 되자.

'가을'이라는 중년이 큰 걸음으로 우리에게 다가오고 있다. 지금 당장 책을 펼치면 어떨까요?

밀밭 사이로 '걷는 독서'

햇살이 부드럽게 기울 때쯤이면
누비아(15)는 당나귀에게 풀을 먹이며
밀밭 사이로 '걷는 독서'를 한다.
들꽃의 향기와 밀 싹의 숨결과 새의 노래가
낭송의 음경(音景) 속에 가만가만 스며든다.
책 속으로 걸어 들어가 삶을 읽고 세계를 읽고
자기 내면에 쓰여진 비밀스러운 빛의 글자를
몸의 여행으로 읽어나가는 '걷는 독서'

– 박노해 사진전 『다른 길』 중에서

*You are a storytelling!*

삶은 한 편의 이야기다

03
STORYTELLING

# 다시 태어나도 배우

… 중략 …

그대 눈물 이제 곧 강물 되리니

그대 사랑 이제 곧 노래 되리니

산을 입에 물고 나는 눈물의 작은 새여

뒤돌아보지 말고 그대 잘 가라

그대 잘 가라

– 「그대 잘 가라」 중에서, 정호승

배우 김영애 씨가 4월 9일, 향년 66세의 나이로 별세했다. 타계한 지 며칠이 지났건만 전국적으로 추모의 물결이 이어지고 있다. 각종 포털 사이트 실시간 검색어 상위에 '김영애', '국민배우 별세', '국민 엄마 췌장암' 등 온라인 게시판에 올라와 있다.

얼마 전 인천 '하나 비전센터'에서 강연을 했는데 청중 중에 어느 한 분이 "강사님! 배우 김영애 닮았어요. 살만 조금 빠지면요 호호." 하며 웃으셨다. 갑자기 다른 분들도 박수로 맞장구를 쳤던 기억이 난다.

기분이 좋았다. 참으로 아름다운 배우, 스타의 모습을 닮았다고 하니 말이다. 사실 어렸을 때부터 주위 사람들한테서 자주 들었던 말이다. 그래서 그런가 보다. 김영애 씨는 친근하게 느껴지는 늘 내 마음을 끄는 배우였기에 가까운 지인의 소식처럼 먹먹한 슬픔이 밀려들었다.

그녀는 1951년 부산 출신으로 1971년 MBC 공채 3기 탤런트로 데뷔했다. 그 후 46년간 100여 편이 넘는 드라마와 70여 편의 영화에 출연하며 다양한 캐릭터를 선보였다.

드라마 『수사반장』에 처음 얼굴을 비친 이후 영화 『섬개구리 만세』(1972년)와 드라마 『민비』(1973)에서 잇따라 주연을 맡고, 백상예술대상 신인상을 받으면서 톱스타 반열에 올라섰다.

단아하면서도 화려한 외모, 그리고 탄탄한 연기력으로 방송사별 연기상과 백상예술대상 청룡 영화상 등 많은 수상경력을 가지고 있다.

때로는 포근한 어머니로, 때로는 욕쟁이 국밥집 할매로, 냉철하면서도 악랄한 재벌 사모님에 이르기까지 배역을 완벽하게 소화해냈다. 다양한 캐릭터에서 보여준 그녀의 연기는 그가 아니면 불가능한 역할이었고 항상 묵직한 존재감을 드러내었다. 그녀만의 독특한 색깔과 향기가 배어있다. 다른 배우와 다른 뭔가 '한 끗'의 차이가 분명히 있는 것 같다. 그야말로 반짝반짝 빛나는 '대스타'다.

하지만 그녀의 개인사는 이렇게 화려한 모습만 있었던 것은 아니다. 78년 밴드 마스터 이종석 씨와 결혼 후 23년 만에 파경을 맞았다. 이후 재미사업가 박자용 씨와 재혼해 황토팩 사업으로 연 매출 1,000억 원대의 매출을 올리며 승승장구했으나 2007년 한 소비자 고발 프로그램에서 중금속 검출 의혹을 제기하면서 큰 어려움을 겪었다. 그 이후 "유해성이 없다."는 법원 판결이 나왔지만 결국 남편과 이혼하고, 길고 긴 고통의 인생 터널을 지나야 했으니 그녀의 삶에서 너무나 안타까운 일이 아닐 수 없다. 그러나 우리 곁을 떠난 그녀의 마지막 흔적은 참으로 아름다웠고 나에게 많은 생각을 하게 만드는 죽음이었다.

요즘 '소통', '행복', '비전', '열정'이라는 단어들로 내 삶이 채워지고 있다. 내가 하고 있는 강의 주제이기 때문이다.

세계적인 성공철학의 거장 나폴레온 힐의 명언 "열정이란 영혼의 태엽과도 같다. 그 태엽을 멈추지 말고 계속 감아올려라. 그러면 당신이 진정으로 필요한 힘을 얻을 수 있을 것이다."라는 말이 생각난다. '열정'이라는 단어는 그리스어 엔테오스(entheos)에서 기원한 것으로, '신' 또는 '초인적인 존재가 가진 힘'이라는 뜻이라 한다. 내가 세상에서 가장 좋아하는 단어가 바로 이 '열정(passion)'이다. 강연 후에 종종 이런 말을 듣곤 한다.

"그리도 작은 체구인데, 목소리에 큰 힘과 에너지가 있네요."

"마음속에 뭔가 막 뜨거움이 솟아나는 강연이었어요."

"온몸과 마음을 다해 강연을 하시는 군요."

이런 칭찬을 들을 때마다 나는 작은 고래처럼 춤을 춘다. 이 세상에 열정 없이 이룰 수 있는 것은 아무것도 없다.

김영애 씨의 삶과 죽음을 지켜보며 무엇보다 그녀의 '열정'이 놀랍고, 감동적이다.

2012년 췌장암이 발병했지만, 당시 제작진에게 부담을 주지 않기 위해 투병 사실을 숨기고 드라마 『해를 품은 달』 촬영에 임했다. 악녀 캐릭터인 대왕대비 윤 씨 역을 맡아 소리 지르는 장면이 유독 많았다.

그녀는 "몸이 너무 아파서 악쓰는 연기가 제대로 되지 않아 고통을 참기 위해 허리에 끈을 조여 매고 연기했다."고 밝힌 적이 있다.

『해를 품은 달』 종영 후 9시간에 걸친 대수술을 받았지만, "쓰러질 때까지 최선을 다하는 게 연기자의 자세."라고 말했다.

또한, 2015년 영화 『특별수사』를 찍을 당시에는 "저한테는 굉장히 위기였는데 현장에 나가면 내 몸 상태가 얼마나 아픈지 미래가 얼마나 불안정한지 잊어버려요. 저는 얼마나 행복한 사람인지를 정말 절실하게 느꼈던 그런 시간이었어요."
라고 회고한 바가 있다.

지난해 10월에는, 병원에 입원한 상태에서 주 1회 외출증을 끊어가며 KBS2 주말 드라마 『월계수 양복점 신사들』(2016년 8월~2017년 2월) 촬영을 마무리한 사실이 알려지면서 안타까움을 더했다. 인기 있는 이 드라마는 4부가 연장되었는데 그 4부 분량에는 함께하지 못했지만, 애초 예정된 50부 분량을 모두 채우면서 약속을 지켰다. 이 드라마는 그녀의 유작이 되었다.

한마디로 목숨을 걸고 연기한 배우였다.

그만큼 연기자로서의 연기에 대한 강한 열정을 보여주었다. 46년 동안 한 해도 빠짐없이 작품을 해온 것만 봐도 그 열정을 충분히 느끼고도 남는다. 고인의 '투혼 연기'는 팬들의 마음속에 영원히 남아있을 것이다.

봄꽃이 절정을 향하고 있다.
서럽도록 아름다운 봄날이다.
하루 종일 꽃비가 내린다.
'그대 잘 가라.'

아마도 오래전 누군가의 추모시였을 것 같은 이 시가 오늘 새삼스레 내 마음을 젖게 한다. 열정적으로 살다가 벚꽃처럼 스러진 너무나 아름다운 그녀, 천생 배우 김영애의 목소리가 들리는 듯하다.

"다음 생애도 배우로 태어나고 싶어요. 인생을 살아가면서 때로는 진흙탕에 빠지기도 하고 돌부리에 걸려 넘어지기도 하는데 그때마다 저를 일으켜준 건 연기였습니다. 연기는 내게 산소이자 숨구멍 같은 존재지요."

*You are a storytelling!*

삶은 한 편의 이야기다

04
STORYTELLING

# 도전을 멈추지 마라!

## 80세에 모델이 된 할아버지

흔히들 말한다. “나이는 숫자에 불과하다.”고. 과연 열정이 나이를 이길 수 있을까? 모두가 나이 앞에서 좌절할 때 당당히 자신의 꿈을 이룬 사람이 있다. ‘왕 데슌(Wang Deshun)’ 할아버지 24세, 그의 첫 직업은 연극배우였다. 44세에 영어공부를 시작했고, 49세에는 마임 극단을 설립하기도 했다. 일이 잘 풀리지 않아 베이징으로 이사를 갔을 때 그에게 남은 건 이름밖에 없었다. 모든 것을 처음부터 시작해야 했다. 50세가 되던 해, 그는 피트니스 센터에 가서 운동을 시작했다. 그리고 57세에 다시 무대로 복귀했다. 70세 때, 결심했다. 제대로 한번 근육을 단련해 보자고. 그의 나이 80세, 난생처음으로 런웨이에 섰다. 그것도 바지만 입은 채로. 그는 말한다. “저는 아직도 하고 싶은 것이 많고, 이루고자 하는 꿈도 많습니다. 가능성은 언제든지 탐험될 수 있다고 생각해요. 너무 늦었다는 생각이 들 때, 그런 생각이 변명거리가 되도록 놔두지 마세요. 당신이 무언가를 포기할 변명거리 말이에요. 아무도 당신의 성공을 막을 수 없습니다. 당신 자신을 제외하고 말이죠. 자신의 빛을 발할 때가 오면 가장 밝은 빛이 되세요. 전 지금 이 순간이 최고의 전성기랍니다.”

– 왕 데슌(Wang Deshun), (콘텐츠 건축가 강명환의 글 중에서)

두둥~~ 드디어 11월 12일!

제12회 전국 가사 낭송 경연대회가 있는 날.

9월 초에 참가 접수를 하고 하루도 빠지지 않고 틈틈이 연습했다.

지하철에서, 차 안에서, 산책 중에, 설거지를 하면서, 화장을 하다가, 드라마를 보다가도 문득 가사를 중얼거렸다.

몇 달 동안 처음에는 내용과 문장이, 나중에는 구절과 단어가, 이제는 글자 하나하나가 친숙하게 입에 달라붙었다. 끊임없는 반복과 연습으로 이번에는 정말 자신이 있었다.

내가 이토록 치열하게 연습했던 이유는….

작년 이맘때로 거슬러 올라가 보자.

어느 날 우연히 인터넷을 기웃거리다가 '11회 전국 가사 문학 낭송 대회'가 있다는 안내를 보게 되었다. 이런 대회가 있는 줄 이때 처음 알았다.

나는 대회에 출전하는 것을 참 좋아한다. 나를 시험대에 세우는 것도 좋아하고, 상금도 좋아한다.

그동안 '이야기 대회,' '스피치 대회', 강사 경연대회' 등에서 수상경험이 많은 터라 자신만만하게 지원서를 제출하고 딱 10일 동안만 연습했었다. 그래도 상을 못 탈 것이라는 의심조차 하지 않았다. 지금 생각해보면 그것은 자만이었다.

나는 보기 좋게 낙방했다. 예선 무대에서 겨우 두어 마디만 웅얼거리고 내려오는 사태가 벌어졌다. 입을 떼고 얼마 후, 앞이 하얘지면서 가사 내용이 갑자기 전혀 생각나지 않았다. 당황한 나는 홍익인간(?)이 되어 강아지처럼 끙끙대다가 무대를 내려왔다. 내려오자마자 얼른 가방을 챙겨 후다닥 밖으로 나오는데 나를 따라 나오는 다급한 소리가 들렸다.

"어머나~ 이미향 선생님 아니세요? 긴가민가했는데, 심사위원으로 오신 게 아니고 출전을 하신 거네요. 호호"

작년에 모 교육기관에서 주최하는 이야기 대회에서 대상을 받은 방연희(가명) 씨였다. 나는 그때 심사위원 자격으로 이 분을 심사했었다.

아~ 정말 쥐구멍에라도 들어가고 싶은 심정이었다. 너무나 창피한 나머지 얼굴을 제대로 들 수도 없었다.

"아~~ 네 네…."

인천으로 돌아오면서, 나는 운전대를 꽈악 움켜쥐었다.

'내년에 다시 와서 이 수모를 반드시 설욕하리라.' 눈에는 눈물이 핑 돌았다.

그리고 1년 이 지났고

드디어 결전의 날 오늘, 2016년 11월 12일!

새벽 4시에 일어나자마자 '긴장하지 않고 본선까지 무사히 통과하고, 꼭 상 받게 해주세요.' 간절히 기도를 드렸다.

사과와 양파즙, 그리고 인절미로 속을 든든하게 채운 뒤, 분홍빛이 감도는 개량 한복을 곱게 차려입고, 굽이 있는 고무신을 챙겨 일찌감치 집을 나섰다.

우리 집에서 담양까지는 약 340km 4시간 정도 소요된다.

차 안에서도 나의 맹연습은 계속되었다. 핸드폰에 녹음한 것을 틀어놓고, 내 귀와 입은 쉴 새 없이 바빴다. 가사에 흠뻑 취해서 한참을 가는데, 갑자기 차가 덜덜덜 흔들거렸다. 이건 또 무슨 마른하늘에 날벼락이란 말인가? 아직 80킬로를 더 가야 하는데. 계기판에는 엔진 오일 표시등이 들어오고, 속도가 갑자기 떨어지기 시작했다. 가슴에서 뭔가 쿵 하고 내려앉았고, 등에서는 땀이 주르륵 흘러내렸다. 얼마 전 비슷한 증상으로 수리를 받았었는데….

"사랑이 많으신 하나님, 도와주세요. 이 대회는 꼭 참가할 수 있게 해주세요." 갓길에 차를 세우고 나는 두 손을 모아 간절히 기도했다.

늦가을의 파란 하늘을 올려다보며 심호흡을 깊게 하고 조심스럽게 시동을 걸었다. 다행히 차가 반응을 한다. 액셀러레이터를 살살 밟으며 느린 걸음이었지만 그래도 시간 내에 대회장까지 도착할 수 있었다. 이마에 식은땀이 흘렀다.

예선전에는 총 90여 명이 참가했고 나는 본선에 무난히 진출하게 되었다. 예사롭지 않은 복장을 한 사람도 많이 있었고, 가사 낭송 단체에서 참가한 사람도 여럿 있었다. 예선전만 12번 나온 참가자가 세 명이나 있다고 사회자가 말했다. 그 도전에 힘찬 박수를 보낸다면서….

햇살 좋은 문학관 뜰에서 김밥을 먹고, 드디어 본선이 시작되었다. 나는 11번째로 무대에 올랐다.

계단을 오르는데 발이 삐끗했다. 뭔가 이상해서 살짝 밑을 내려다봤더니, 아뿔싸! 고무신 굽이 뚝 떨어져 너덜거리고 있었다. 불길한 조짐인가?

그러나 아랑곳하지 않고 얼굴에 미소까지 살짝 띠고, 마이크 앞에 섰다.

차분하게 낭송은 시작되었다. 가사는 4음보 연속체의 운율이 있어 낭독하기에 딱 좋다.

**님 잃은 시골 여자**

마음속에 타는 불이 잠시인들 잦아질까
물을 곳이 거의 없어 사방을 살펴보니

반가운 듯 임의 얼굴 굽이굽이 서린 눈물
쉴 새 없이 쏟아진다.
베개에 엎드리어 슬피 울어 서러울 때

난데없이 구두 소리 어렴풋이 들려오거늘
창을 열고 바라보니 날씬한 양복 차림에 간단 행차
문전에 덕더글대거늘,
놀라서 살펴보니, 반가울 사 한양 낭군 분명하구나.

미친 듯 취한 듯 모시고서, 두 손으로 부여잡고

반갑도다 임이시여 어이 그리 냉정하오

이별한 지 칠팔 년 만인데, 길고 긴 날 지나도록 편지 한 장 끊기었소

글공부하느라고 나의 생각 잊었소.

오랜만에 그립든 님 만나기는 만났으나

어이 이리 냉정하오

여름 하늘 양산 앞에 달빛조차 슬프도다.

나뭇잎 초승달을 따라온 임 얼마나 괴로운지

이부자리 누운 대로 그냥 그만.

구곡간장 맺힌 한은 말 한마디 못 드리고

묵묵히 홀로 앉아 잠 깨기를 기다릴 제….

겨울도 거의 갔네

춘하추동 사시절은 때를 따라 오건만은

그해 봄에 작별한 임 돌아올 줄 모르신고.

원앙새 수놓은 이불 베개, 고소한 잣 베개는 누굴 위해 이어볼꼬

자나 깨나 잊지 못해 그립던 임, 언제나 다시 만나 하소연을

하여볼꼬.

가련하다 이 내 신세, 할 말 많은 이 세상에 누굴 믿고 산단 말인가.

발의 불편은 이미 잊고 애잔한 어조로 가사에 몰입했다.

아~ 그런데 "문전에 덕더글대거늘~" 이 부분에서 갑자기 혀가 꼬였다.

"더더더덕…. 글 …대거늘…."

버벅대는 소리가 나왔다. 그야말로 내 목소리가 덕더글대었다. 순간 당황했지만 그래도 어쨌든 낭송은 마칠 수 있었다. 너무나 아쉬운 마음으로 고무신을 끌고 무대 아래로 내려섰다.

'상은 이미 멀리멀리 물 건너갔을 거야~.'혼자 속으로 중얼거렸다. 차와 신발이, 그리고 단어 하나가 입상의 발목을 잡을 것인가? '상 잃은 시골 여자'가 되고 마는 걸까….?

3시간 정도 흐른 뒤 시상식이 있었다.

"특별상에 「님 잃은 시골 여자」를 낭송한 이미향 님!" 진행자의 낭랑한 목소리가 내 귀에 쏙 들어왔다.

야호! 내가 상을 받았다. 마치 대상이라도 받은 듯 나는 폴짝 폴짝 뛸 듯이 기뻤다. 감격스러웠다.

돌아오는 길.

고장난 내 차는 상금을 초과하여 견인차 신세를 지게 되었다.

휴~~.

나에게 이날, 하루는 참 길고도 긴 날이었다. 하루 동안에 봄, 여름, 가을, 겨울, 사계절이 다 있었다.

늦은 밤, 잠자리에서 나는, 나를 살포시 안아 주었다.

'미향아 오늘, 참 애썼네. 너는 마음을 다해 노력하고 도전하는 모습이 참 아름다워.'

대회를 치르고 며칠 뒤, 내가 좋아하는 권 강사님으로부터 전화를 받았다. 이 분은 늘 변함없는 관심과 사랑을 주는 동료 강사다.

"이미향 강사님 카카오 스토리 잘 읽고 있어요. 제가 정말 놀란 것은, 어쩌면 그리도 끊임없이 도전을 멈추지 않고 계속하나요? 도대체 그 열정은 어디서 나는`거죠?

대부분 마음은 있어도 행동으로 옮기는 사람은 많지 않아요. 어느 책에서 봤는데 열 명 중 한 명이라고 하던데, 이 강사님이 그 한 명인 것 같아요. 하하하!"

핸드폰 속에서 두 사람의 웃음꽃이 활짝 피었다.

*You are a storytelling!*

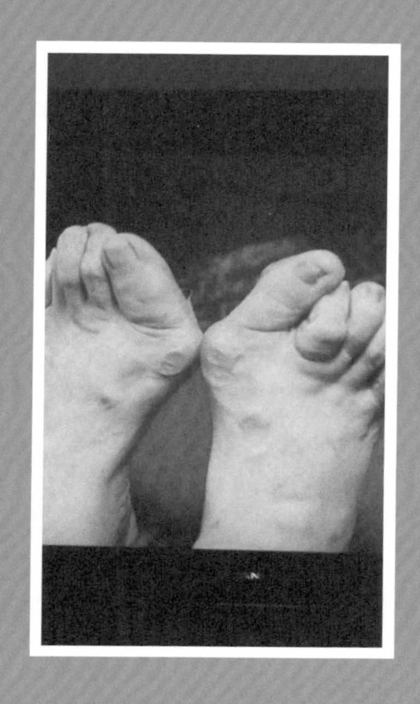

삶은 한 편의 이야기다

05
STORYTELLING

# 푸른 눈의 천사

주님!

주님께서는 제가 늙어가고 있고

언젠가는 정말로 늙어버릴 것을 저보다도 잘 알고 계십니다.

저로 하여금 말 많은 늙은이가 되지 않게 하시고

특히, 아무 때나 무엇에나 한마디 해야 한다고 나서는

치명적(致命的)인 버릇에 걸리지 않게 하소서.

모든 사람의 삶을 바로 잡고자 하는 열망(熱望)으로부터

벗어나게 하소서.

저를 사려(思慮) 깊으나 시무룩한 사람이 되지 않게 하시고

남에게 도움을 주되 참견(參見)하기를 좋아하는

그런 사람이 되지 않게 하소서.

제가 가진 크나큰 지혜의 창고를 다 이용하지 못하는 건
참으로 애석(哀惜)한 일이지만
저도 결국엔 친구가 몇 명 남아있어야 하겠지요.
끝없이 이 얘기 저 얘기 떠들지 않고
곧장 요점(要點)으로 날아가는 날개를 주소서.

내 팔, 다리, 머리, 허리의 고통(苦痛)에 대해서는
아예 입을 막아 주소서.
내 신체의 고통은 해마다 늘어나고
그것들에 대해 위로(慰勞)받고 싶은 마음은
나날이 커지고 있습니다.
다른 사람들의 아픔에 대한 얘기를 기꺼이 들어줄
은혜(恩惠)야 어찌 바라겠습니까만
적어도 인내심(忍耐心)을 갖고 참아줄 수 있도록 도와주소서.

제 기억력(記憶力)을 좋게 해 주십사고 감히 청할 순 없사오니
제게 겸손(謙遜)된 마음을 주시어
제 기억이 다른 사람의 기억과 부딪칠 때
혹시나 하는 마음이 조금이나마 들게 하소서.
나도 가끔 틀릴 수 있다는 영광된 가르침을 주소서.

적당히 착하게 해 주소서.

저는 성인(聖人)까지 되고 싶진 않습니다만

어떤 성인들은 더불어 살기가 너무 어려우니까요.

그렇더라도 심술궂은 늙은이는 그저 마귀의 자랑거리가 될 뿐입니다.

제가 눈이 점점 어두워지는 건 어쩔 수 없겠지만,

저로 하여금 뜻하지 않은 곳에서 선(善)한 것을 보고

뜻밖의 사람에게서 좋은 재능(才能)을 발견하는 능력을 주소서.

그리고 그들에게 그것을 선뜻 말해 줄 수 있는 아름다운 마음을 주소서.

아—멘

— 17세기 어느 수녀의 기도, 작자 미상

오늘은 강의는 없고 오후 늦게 개인 코칭을 가는 날. 모처럼 느긋한 아침을 맞았다. 방학 중이라 해가 중천에 떴는데도 세상모르고 자고 있는 딸아이를 깨워 함께 떡만둣국을 끓여 먹고 내 서재로 들어왔다.

편안히 의자에 앉아 '카카오 스토리'로 세상 사연 이곳저곳을 기웃거렸다.

SNS를 통해 세계와 소통하고 세상을 구경하는 것은 나의 소소한 기쁨 중 하나다.

그런데 어떤 댓글에 「17세기 어느 수녀의 기도」라는 제목이 눈에 쏙 들어왔다. 얼른 펼쳐서 읽어보았다.

"저로 하여금 뜻하지 않은 곳에서 선(善)한 것을 보고 뜻밖의 사람에게서 좋은 재능을 발견하는 능력을 주소서."

마지막 이 부분을 읽는데, 얼마 전에 뉴스에도 나오고 TV 다큐멘터리에서도 소개된 수녀님 한 분이 머릿속에 떠올랐다. 바로 '강칼라 수녀님'이다. 강칼라 수녀는 '2016 국민추천포상' 수여식에서 '국민훈장 모란장'을 수상한 분이다. '그래 이 분의 이야기를 써야지.' 나는 무릎을 탁 쳤다. 재빨리 노트와 펜을 챙기고 TV를 켰다. '다시 보기'를 통해 강 수녀님의 살아가는 모습을 찬찬히 들여다보았다.

반평생을 한센인들의 그림자가 되어 곁에 함께 있어 준 사람, 이제는 등이 굽은 할머니(73세)가 된 수녀님의 동화 같은 이야기를 적어본다.

강칼라 수녀는 19세 되던 해 '작은 자매 관상 선교회'에 들어가 전쟁통에 버려진 120여 명의 아이를 돌보면서 수녀생활을 시작했다. 그는 가정을 꾸려 내 아이만 챙기기보다는 더 많은 아이를 위해 살아야겠다고 생각했다. 목회자가 되려 했지만 이루지 못하고 하늘로 떠난 친오빠의 꿈을 대신 이뤄야겠다는 생각에 수녀가 됐다.강칼라 수녀가 전북 고창군 고창읍 호암마을과 인연을 맺게 된 것은 1968년으로 거슬러 올라간다.

강 수녀는 그해 한국에 첫발을 내디뎠다. 한국에 전쟁고아나 한센병으로 고통받는 사람이 많다는 소식을 듣고 막연하게 한국행을 결심했다. 꽃다운 나이인 25세부터 호암마을에 있는 고창성당에 정착해서, 치료를 받지 못해 형체를 알아보기 힘들 정도로 외모가 망가진 한센인을 정성껏 돌보고 그들과 우정을 나눴다. 고창성당은 6·25전쟁 후에 지은 60년 된 성당이다.

수녀님은 선교사 일로 바빴지만 밤낮 가리지 않고 열심히 한국어를 익혀 2년 후에는 어느 정도 한국어를 쓰고 말할 수 있게 되었다. 또 한센병을 공부하기 위해 스페인으로 건너가 폰틸레스 병원에 딸린 작은 학습관에서 석 달을 지냈다.

한센인에 대한 그의 사랑이 한국 이름 '강칼라'에서도 잘 묻어난다. 한국 성 '강'은 처음 호암마을에서 만난 강씨 성을 가진 한센인이 "제 성을 꼭 수녀님이 사용해 주셨으면 좋겠다."는 부탁을 듣고 지었다. 이름은 수녀를 뜻하는 라틴어 '칼라'를 붙였다.

이제, 호암마을에서의 수녀님의 일상을 들여다보자.

환자에게 주는 작은 간식거리에도 마음을 다해 담는 모습.

손을 잡으며 사람들을 환하게 반기는 모습.

모든 할머니에게 '엄마'라고 다정하게 부르는 모습.

지적 장애 모자 가정의 겨울나기를 돕기 위해 잠바, 신발, 모자 등을 챙기는 모습.

몸이 불편한 할머니의 약을 꼼꼼히 챙겨드리는 모습.

가게가 없어 물 한 병도 살 수 없는 마을이라 차를 몰고 읍내로 나가 일일이 사람들의 장을 봐 주는 모습.

치즈 한 조각과 김치와 누룽지로 소박하게 식사하는 모습.

아껴야 한다며 몽당연필로 기록하는 모습….

고되고 바쁜 일상 속에서 하나하나의 장면들이 엄마의 품처럼 따스했다. 수녀님은 어떤 상황에서도 늘 미소를 잃지 않고 웃음으로 사람을 대한다.

그런데 수녀님의 걷는 모습이 많이 불편해 보였다. 5년 전 인공관절 수술을 하여 제대로 걷기가 힘들다고 한다. 더욱 충격적인 건 퉁퉁 붓고 변형이 된 그녀의 발이었다. 세간에 화제가 되었던 발레리나 강수진의 발보다 더 엉망이었다. 혈액 순환이 잘 안 되고 관절에 이상이 생겨 발가락 마디마디가 울퉁불퉁하게 튀어나온 것이다. '변형성 관절염'인데 그녀의 발을 보고 사람들은 '생강발'이라고 부른다고 했다. 정말 울퉁불퉁한 생강을 닮아 있었다. 나는 갑자기 눈물이 핑~ 돌았다. 그 발에 그녀의 고된 삶이 고스란히 담겨 있었기에. 남을 보살피느라 정작 자신을 돌볼 겨를이 없었던 걸까?

그녀가 전북 고창군 호암마을에 정착한 지도 반백 년 가까운 세월이 흘렀다. 긴 세월 동안 20대의 이탈리아 아가씨는 등이 굽은 백발의 할머니가 되었다. 이 마을에 살았던 한센인들도 이제는 다 떠나고, 수녀님은 60여 명의 기초 수급자 노인분과 생활하고 있다. 푸른 눈의 이탈리아 수녀님이 가난하고 소외된 우리나라 사람들과 함께 생의 전부를 나누고 있는 것이다.

"부모 형제와도 못 살고, 무시만 당한 삶인데 어느 누가 이렇게 찾아오겠어요?"

"모든 사람에게 외면받았는데, 수녀님은 우리에게 용기를 주었어요."

"그냥 마을에 사시는 것만으로도 이 마을 사람들을 위해 큰일을 하시는 거예요."

"어느 누가 나를 이토록 반길 수 있을까요?"

그녀의 지극한 돌봄에 호암마을에 사는 사람들은 입을 모아 감사의 마음을 전했다.

그런데 스스로 선택한 수도자의 삶이라고 해도 후회가 없었을까? 그녀는 이렇게 대답했다.

"우리의 생활이 똑같죠. 그런데 매일매일 우리가 같은 일을 해도 새롭게 해야 한다고 생각해요. 환경, 일, 상대방 다 모든 게 새로운 선물이라 생각하면서 그 날을 시작해야죠. 그러지 않으면 무거워요. 힘들어요. 매일 보는 사람 매일 듣는 소리 매일 겪는 일. 이 모두가 내게 주어진 새로운 선물이라 믿으며 살아요."

가난한 이웃과 동행하고 묵묵하게 섬기며, 사랑하며, 동행해온 강칼라 수녀는 우리 마음을 빛처럼 환하게 만들어준다.

나는 요즘 사명, 소통, 관계, 영향력…. 이런 단어에 관심이 많다.

내 소개를 하는 자리에서 '강연을 통해 많은 사람에게 선한 영향력을 미치는 사람이 되고 싶습니다.' 라고 말한다.

영향력은 자신의 가치관, 인성, 행동, 그리고 삶의 모습으로 다른 사람에게 발휘하는 '힘'이라고 할 수 있다.

힘은 노력을 통해 얻을 수 있다. 오롯이 자신의 길을 위해 열정적으로 노력하는 모습을 볼 때 사람들은 감동한다. 강칼라 수녀님은 고귀한 희생과 봉사로 한센병을 앓는 이에게, 나아가 우리 모두에게 '희망'이라는 힘을 실어주시는 분이다.

참으로 어수선한 한 해를 보낸 우리다. 생소했던 '국정 농단'이라는 말이 일상의 언어가 되었고, 분노의 촛불이 아직도 민심으로 타오르고 있다. 헬조선, 흙수저라는 비하의 말들이 난무하고 있다. 많은 국민이 속상하고 우울하다.

저무는 2016년은 어두운 터널 같았다.

해가 바뀌었다고 세상이 달라지지는 않겠지만 2017년에는 우리 모두 '희망'을 말하자. 한바탕 태풍이 지나가면 바닷속이 정화된다고 한다. 거대한 소용돌이를 헤치고 나온 대한민국에, 새로운 희망의 불꽃이 타오르길 간절히 소망한다.

이 어두운 세상에 '희망의 등불'이 된 푸른 눈의 천사 강칼라 수녀님을 기억하며.

잠시 손과 생각을 멈추고 창밖을 보았다.

언제부터인가 하얀 눈이 꽃가루처럼 흩날리고 있다. 온 세상 환하게 환하게….

*You are a storytelling!*

삶은 한 편의 이야기다

06
STORYTELLING

# 어떻게 살 것인가?

응답하신 기도 감사, 거절 하신 것 감사
헤쳐 나온 풍랑 감사, 모든 것 채우시네
아픔과 기쁨도 감사, 절망 중 위로 감사
측량 못할 은혜 감사, 크신 사랑 감사해

길가에 장미꽃 감사, 장미꽃 가시 감사
따스한 따스한 가정 희망 주신 것 감사
기쁨과 슬픔도 감사, 하늘 평안을 감사
내일의 희망을 감사, 영원토록 감사해 -복음성가-

카톡!
토요일 이른 아침,

정적을 깨우는 알림 소리가 오늘따라 유난히 크게 들렸다. 가족 단체 대화방이다.

"동생들아~ 놀라지 마라, 아빠가 방금 하늘나라로 가셨어."

둘째 언니의 흐느끼는 목소리가 윙~ 소리를 내며 내 귀에 들리는 듯 머물렀다.

2017년 4월 22일.

사랑하는 나의 아버지가 멀고 먼 나라로 떠나셨다. 참 밝고 맑은 날, 슬프게 찬란한 봄날.

아버지와의 마지막 모습이 선명하게 떠오른다.

그날 오전 강의를 마치고 일찍 집에 돌아와 있는데, 엄마한테 전화가 왔다.

"미향아 느그 아빠 전복 좀 드시게 하고 싶데이. 가까운 마트에 싱싱한 전복 팔려나 모르겠네. 빨리 사 가지고 오면 안 되겠나? 요즘 입맛이 없는지 통 잘 안 드신데이."

나는 잽싸게 나갈 준비를 했다.

때마침 산 전복을 싸게 판다는 홍보 전단지가 거실 탁자 위에 놓여 있는 것을 보고 그 마트로 차를 몰았다. 꼼지락 꼼지락 움직이는 전복을 보니 정말 반가웠다. 우리 아빠는 낙지. 문어. 전복 등 해산물을 좋아하신다. 한 봉지에 넉넉히 사 가지고 친정으로 향했다.

"아빠~ 맛있어? 이거 누가 사 왔어? 나 누구야? 나 몇째 딸이지?"

큰 접시에 데쳐놓은 전복을 말없이 드시는 아빠를 보며, 나는 계속 속사포로 묻고 또 물었다. 나를 알아보고 내 이름을 불러주기를 간절히 바라는 마음으로.

아빠는 혈관성 치매를 앓고 있기에 점점 기억을 잃고 있으며 이제는 나를 전혀 알아보지 못하신다. 며칠 전까지만 해도 나를 보고 내 이름을 말했었는데 그새 또 아빠의 머릿속은 안개처럼 뿌옇게 되었나 보다. 내가 자꾸 질문을 쏟아내며 귀찮게 하자 "와이 카노 확 그냥~." 소리를 버럭 내며 인상을 쓰신다. 옆에서 시중을 들던 엄마가 젓가락을 탁 놓으며, "참말로 당신 와 이카노. 미향이가 이렇게 당신이 좋아하는 것 사 갖고 왔는데, 잘 드시면서 성질은 와 내능겨? 당신은 지금까지 감사하다는 말 입에 달고 안 살았나? 지금 미향이한테 '고맙다.', '잘 먹을게.' 해야지 인상은 왜 자꾸 쓰노? 당신이 제일 좋아하는 찬송도 감사 찬송 아닝겨?"

그러면서 엄마는 생뚱맞게도 찬송가를 부르기 시작했다. 나도 모르게 이 상황에 웃음이 픽~ 나왔다.

"길가에 장미꽃 감사, 장미꽃 가시 감사
따스한 따스한 가정 희망 주신 것 감사
기쁨과 슬픔도 감사, 하늘 평안을 감사…."

그러자 갑자기, 아빠의 입가 주름이 샤악~ 풀어지며 천천히 이 찬송을 따라 부르셨다.

"감사, 감사." 반복되는 가사는 또렷하게 발음하며 박자까지 맞추며 엄마와 한목소리가 되었다. 그렇게 엄마와 아빠의 듀엣 찬송은 아름답게 울려 퍼지고 있었다.마지막으로 들었던 이날 아빠의 찬양은 나에게 남긴 유언과도 같은 삶에 대한 메시지였다.

"어떤 사람을 만나든, 어떤 상황을 만나든지 늘 감사하며 긍정적으로 살아라."

우스갯소리로 영어를 몰라도 외국에 가면 두 마디만 잘하면 통하게 된다고 한다. 하나는 '플리즈(please)'이고 하나는 '땡큐(thank you)'란다.

필 파커(phil parker)는 '부탁합니다'와. '고맙습니다.'는 마법의 말이라 했다. 만일 좋은 일이 생기기를 바란다면 이 말을 하라고 설파했다.

이 두 마디는 어떤 상황에서도 위력이 발휘되는 말인 듯하다. 마음을 밝히는 마법의 말이며 긍정의 언어다. 그러고 보니 성경에도 "범사에 감사하라!"고 적혀있다.

나는 매일 상냥한 목소리로 '감사하다'는 말을 자주 건네려고 노력한다.

"강의 의뢰해 주셔서 감사합니다."

"제 강의 잘 들어주셔서 감사합니다."

"저의 책을 구매해 주셔서 감사합니다."

"맛있는 커피 잘 마셨습니다. 감사합니다."

"전화해 주셔서 감사합니다."

"가정 예배 인도해주셔서 감사합니다."

우리는 종종 '어떻게 살 것인가?'라는 질문과 마주하게 된다. 다소 무거운 물음이기는 하지만 남아있는 내 앞의 시간을 어떻게 쓸 것인가를 생각하게 한다.

얼마 전, 내가 만든 스토리텔링 모임 지정도서인 유시민의 『어떻게 살 것인가』를 다시 한 번 읽어보았다.

에필로그에 적힌 마지막 글이 마음에 남는다.

"더 진지하게 죽음을 생각할수록 삶은 더 큰 축복으로 다가온다. 죽음이 가까이 온 만큼 남은 시간이 더 귀하게 느껴진다. 애통함을 되도록 적게 남기는 죽음, 마지막 순간 자신의 인생을 기꺼이 긍정할 수 있는 죽음, 이런 것이 좋은 죽음이라고 생각한다. 주어진 삶을 제대로 살면서 잘 준비해야 그런 죽음을 맞을 수 있을 것이다."

나는 지금 어디에 시간을 쓰고 있나. 그 물음을 또 꺼내본다. 살아있는 누구에게나 공평하게 주어지는 하루. 24시간! 이 시간을 어떻게 사용하느냐에 따라 나무의 나이테처럼 인생의 결이 생긴다.

사람마다 각각 그 결과 무늬가 다를 것이다.

아! 눈부신 봄도 벌써 뒷모습을 보인다. 올해는 꽃놀이도 못하고 봄을 보내고 있네. 아빠도 보내드리네.

"봄아, 잘 가~ 우리 마음 환하게 해주어서 참 고맙다. 내년에도 꼭 만나자. 아빠도 내년 봄을 하늘나라에서 아프지 않고 맞이하시겠지…."

지금 글을 쓰고 있는 이 순간에도 눈물과 함께 시간은 하염없이 흐르고 있다

정말 잘 살아야겠다는 생각이 머릿속을 채운다. 늘 감사하는 마음으로 내 인생을 '나답게' 잘 만들어 나가야겠다. 아롱이다롱이 삶의 꼴이 아름답게 남겨질 수 있도록.

티베트 속담에 "내가 이 세상에 태어났을 때 나는 울었고, 내 주변의 모든 사람은 기뻐했다. 내가 이 세상을 떠나갈 때 나는 웃었고, 내 주변의 모든 사람은 슬퍼했다."라는 문구가 있다고 한다. 참으로 의미심장하다. 삶이란 늘 생사의 갈림길에 서 있는

것이 아닐까 한다. 어떻게 살 것인가는 곧 어떻게 죽을 것인가의 다른 물음이 아닐까?

"아빠 부디 잘 가세요.

저희 6남매 잘 키우느라 한평생 고생 참 많으셨어요. 하늘나라에서는 부디 고된 일 다 내려놓으시고 편히 쉬세요. 참 많이 사랑해 주셔서 감사했습니다. 많이 슬프지만, 더욱 열심히 잘 살게요. 하늘나라에서 지켜봐 주세요. 꼭요."

*You are a storytelling!*

삶은 한 편의 이야기다

07
STORYTELLING

# 아름다운 노년을 꿈꾸다

어느 나라에 오래 사는 것이 소원인 왕이 있었다.

그는 건강에 좋은 음식이나 약초를 백방으로 구해다 먹었다.

그러나 세월이 흐를수록 기력은 쇠했다. 조급해진 왕은 현자를 불러 물었다.

"어떻게 하면 오래 살 수 있겠소?"

현자가 대답했다.

"인생에는 두 개의 점이 있습니다. 태어나는 점과 생을 마치는 점이지요. 장수하려면 이 두 점을 길게 늘여야 합니다."

"맞소. 그래서 애를 썼는데도 나이 들수록 몸이 예전 같지 않아 걱정이오."

"점 사이를 늘리는 데는 한계가 있습니다. 꾸준히 건강관리하고 병을 고친다 할지라도 마지막 날은 오는 법이니까요."

왕이 실망하자, 현자가 덧붙였다.

"그런데 한 가지 방법이 있습니다."

왕은 반색하며 물었다. "그것이 무엇이오?"

"점과 점 사이의 길을 천천히 걷는 것입니다. 곁에 나 있는 풀꽃을 들여다보고, 지그재그로 걸으며 낯선 곳도 경험하며 가는 것입니다. 가슴 뛰는 순간, 사랑하며 살았던 순간만이 마음속에 남아 인생을 풍요롭게 할 것입니다."

– 월간 『좋은 생각』, 이호성 기자

나이가 인간의 행복에 어떤 영향을 미치는지에 대한 주제는 많은 학자의 관심 대상이다. 데이비드 블랜치플라워 미국 경제학과 교수와 앤드류 오스왈드 영국 교수는 한국을 포함해서 동서양의 72개 국가의 행복에 관한 설문조사 데이터를 조사한 결과를 2008년에 내놓았다. 사람들이 삶에 대해 느끼는 만족도는 10대 후반부터 하강하여 평균 46세(한국의 경우 47.9세)를 기점으로 바닥을 친 뒤 60대 초반부터는 내내 상승한다는 연구 결과가 나왔다. 이른바 'U자형 행복 곡선이론'이다. 노년기로 접어들면서 평범한 삶에서 행복을 찾는 능력이 커진다는 것이다.

요즘 경제적인 어려움으로 힘겨운 말년을 보내는 분도 많지만,

젊은이 못지않은 열정으로 노익장(老益壯)을 과시하는 분들도 많이 대하게 된다. 내려놓을 것은 내려놓고 자신이 할 수 있는 에너지를 지혜롭게 뿜어내시는 분들.

최근 유엔은 청년기를 18세에서 65세까지로 다시 정의했다. 예전 60대 이후의 삶이 지난 세월을 그리워하며 생을 정리하던 시기였다면 지금의 60대는 무언가를 준비하고 노력해서 새로운 것을 시작하는 시기라는 것이다. 나이는 숫자에 불과하다는 어느 통신사의 광고가 현실이 되어가고 있다. 프랑스 철학자 질 들뢰즈(1925~1995)는 의미심장한 말을 했다. "젊음이란 20대 청년으로 돌아가는 것이 아니라, 자기 연령에 걸맞는 청춘을 매번 새롭게 창조하는 것이다."라고.

나는 생각한다.

맛있는 음식에는 훌륭한 레시피가 있듯이, 행복한 노년에도 '은빛 레시피'라는 것이 있지 않을까? '행복한 노년' 요리의 주재료는 건강, 경제적 여건, 대인 관계라고 할 수 있다. 이 기본재료에 중요한 양념 역할을 하는 것이 바로 폭넓은 '경험'이라고 생각한다.

인지심리학자 김경일 씨는 어느 방송에 출연해 사람들이 시간이 빨리 간다고 생각하는 이유를 밝혔다. "…. 다양한 경험이 중요하며, 오래 사는 비결입니다. 이런저런 다양한 경험을 쌓아야 인생이 길게 느껴집니다. 단편적인 경험만 하면 인생의 체감속도가 빨라집니다." 그는 여행·독서·다양한 취미를 통해 새로운 경험을 하라고 권한다. 돌이켜보면 초등학교 시절이 가장 길게 느껴진다. 그 당시 우리는 모든 것이 새로운 경험의 연속이었기 때문이다.

며칠째 새해 덕담을 실은 문자연하장이 날아오고 있다. 새해 건강하고 행복하라는 내용들이다. 내 나이 51세. 이제는 쭈뼛거리지 않고 내 나이를 당당히 말할 수 있다. 40줄에 접어든 뒤로는 나이를 말하는 것이 꺼려졌었는데 이제는 내 나이를 그냥 밝힌다. 그 이유는 뭘까? 그건 40대의 삶도 50대의 삶도 즐겁게 살만하다는 것을 깨달았기 때문이다. 나는 점점 앞으로의 삶에 기대가 생긴다. '나이 듦'이 희망으로 다가온다.

심리학자인 카르텐슨은 "노년으로 접어들어 가면서 삶에서 감성적인 모티브를 추출해내는 능력이 발달한다."고 했다. 나의 감성도 지금이 예민하다.

지난 12월 어느 날. 내 친구 연주가 기획하고 연출하는 '시여울'의 시낭송 발표회가 있었다. '시여울'은 시를 통해 얻는 마음의 위안과 풍요로움을 다른 이들과 공유하자는 취지로 만들어진 봉사 동아리이다.

오전에 유난히 지치고 힘든 강의를 마치고, 오후 늦게 전철을 타고 '스페이스 시옷'이라는 문화공간으로 향했다. 따뜻하고 아늑한 공간에 이미 많은 사람이 삼삼오오 다정하게 앉아 있었다. 정겨운 음악과 은은한 조명, 맛있는 꿀떡과 새콤한 과일, 달콤한 음료가 이미 시적 분위기를 자아내고 있었다.

시 낭송회가 시작되자 한 사람씩 본인의 애송시를 낭송했다. 모두들 진지한 감성을 발산하였다. 나도 평소 암송해두었던 「쉬」라는 문인수의 시를 낭송했다.

"그의 상가엘 다녀왔습니다. / 환갑을 지난 그가 아흔이 넘은 그의 아버지를 안고 오줌을 뉜 이야기를 들었습니다."로 시작하는 슬프고도 아름다운 시를.

평소에 친구로부터 "미향아, 시가 온몸에 배도록 많은 정성을 다해 연습을 해야만 해. 그래야 다른 이들에게 감동을 줄 수가 있는 거란다."라는 조언을 들어온 터라 열심히 연습했고 무대에서는 온 정성 다해 낭송했다. 낭송하는 동안 청중들과 깊은 교감을 나누고 있음을 나는 무대에서 느낄 수 있었다.

일반 참석자들의 순서가 모두 끝나고, 드디어 '시여울' 회원들의 무대가 시작되었다.

어느 초로의 여인이 구수한 목소리로 마치 옆 사람에게 이야기를 건네듯 「사는 건 겉치레가 아녀」라는 유재준의 시를 낭송했다. 드디어 한복을 입은 단아한 모습의 친구가 길고 하얀 수건을 손에 들고 등장했다. 내 가슴은 '쿵쿵쿵' 뛰기 시작했다. 구슬픈

가락이 흐르더니 손에 들려있던 수건이 나풀대기 시작했다. 그리고 한참 후에 「어머니께 드리는 노래」라는 이해인 님의 시가 고요히 울렸다. 친구는 온몸으로 시를 표현했다. 황홀하고, 아름답고, 놀라웠다. 숨을 쉬는 것조차 방해를 할 것 같아 조심스러울 지경이었다.

우리는 모두는 그렇게 한 마음으로 밤을 잊고, 나이를 잊고, 세상을 잊은 채 '시의 향연'에 흠뻑 젖어 있었다.

황인숙 시인의 말이 문득 생각난다. "시를 읽는다는 건, 메마르고 녹슨 마음에 숨은 건반을 눌러주고 현을 튕겨주는 일이야. 내게도 이런 마음이 있었나, 잊고 있던 자신을 발견하게 되거든."

시인이 되는 사람은 아주 적다. 그러나 시인의 감성으로 보낸 시기는 누구에게나 한 번쯤은 있을 것이다. 나이가 들어도 좋은 시를 곁에 두고 자분자분 음미하는 것도 좋을 것이다. 나는 51세가 되는 올해 또 다른 경험에 도전하려 한다. 내 인생의 요리책에 '시 낭송가'라는 양념을 추가하려 한다.

몇 년 전 연합뉴스에서 '96세 문학소녀 2시간 동안 시 20편 줄줄'이라는 제목의 기사를 본 적이 있다. 대구에 사는 96세 서두록 할머니께서 매일 새벽 시를 암송하여 대구 중구의 한 호텔에서 2시간 동안 시를 낭송했다는 소식이다.

오늘은 2018년 1월 1일! 무술년 새해.

올해도 잘 늙어가고 싶다. 점과 점 사이를 천천히 걸으며 '관용'이라는 조미료를 적절히 사용하면서 한 편의 서정시처럼 그렇게 익어 가고 싶다.

일본인들에게 나지막한 목소리로 노년의 아름답고 순수한 감정을 노래한 시인처럼….

못한다고 해서 / 주눅 들어 있으면 안 돼
나도 96년 동안 / 못했던 일이
산더미야

부모님께 효도하기 / 아이들 교육 / 수많은 배움

하지만 노력은 했어 / 있는 힘껏

있지, 그게 / 중요한 거 아닐까
자, 일어나서 / 뭔가를 붙잡는 거야

후회를
남기지 않기 위해.

– 시바타 도요, 98세 첫 시집 『약해지지 마』 중에서 「너에게」 전문

*You are a storytelling!*

삶은 한 편의 이야기다

# 아름다운 고별

나 하늘로 돌아가리라

새벽빛 와 닿으며 스러지는 이슬 더불어 손에 손을 잡고,

·

·

·

나 하늘로 돌아가리라

아름다운 이 세상 소풍 끝내는 날

가서 아름다웠더라고 말하리라

– 천상병의 「귀천」 중에서

2017년 8월, 한국은 이미 고령사회로 진입했다. 고령사회란 65세 이상 인구가 14% 이상인 사회를 말한다. 전문가들은 2025년이면 65세 이상 노인 비율이 20%에 달하는 초고령 사회로 진입한다고 말한다. 현재 2017년 한국인의 평균수명은 81.8세로 전 세계에서 고령화 속도가 가장 빠른 나라다. 말로만 듣던 '100세 시대'가 눈앞에 다가오고 있다.

『타임』지 최근호의 표지를 장식한 제목은 이러하였다.

"THIS BABY COULD LIVE TO 142 YEARS OLD(올해 태어난 아기 142세까지 산다.)". 단, '노화 억제 기능이 있는 약품을 복용했을 때'라는 단서가 붙어있지만.

우리는 태어나는 순간부터 하루하루 나이를 먹어간다. 인간은 누구나 사형선고를 받고 태어난다는 말이 있다. 세월이 흐르면서 늙어가는 것은 숙명이다. 그렇지만 그 늙음과 죽음의 모습은 다양할 것이다.

오늘은 강의가 없는 날이다.

딸아이를 학교에 보내고 여유롭게 커피 한 잔을 마시며 소파에 기대에 내 주특기인 '멍 때리기'를 잠시 하다가 거실 바닥에 다소곳이 앉아 있는 신문을 일으켜 세웠다.

매일 아침 신문을 펼칠 때 참 기분이 좋다. 신선한 휘발유 냄새, 샤라락~ 넘어가는 종이 소리, 손끝에서 느껴지는 서늘한 촉

감, 새로운 소식에 대한 설렘. 신문은 나의 아침을 세상 속으로 열어준다. 오늘은 펼치자마자 '삶의 질 & 죽음의 질'이라는 기사가 눈길을 끌었다.

최고령 사회인 일본에서는 요즘 장례문화에 변화가 일고 있다. '어떻게 하면 생의 마무리를 잘할 수 있는가?'에 대한 새로운 의식이 장례문화에 대한 인식을 새롭게 변모시키고 있다. '슈카쓰'가 소개되어 있다. '슈카쓰'란 인생을 마무리하고 죽음을 준비하는 활동으로 2010년대 들어 활발해졌다. 스스로 주변을 정리하며 실질적인 임종을 준비하는 것이 일반적인 슈카쓰이다. 살아서 미리 장례식을 치르는 슈카쓰 산업의 시장 규모는 연간 1조 엔(약 10조 원)이라 한다.

또한, 젊은 층에서는 관에 미리 들어가 보는 가상 죽음 체험도 꾸준히 인기가 있고, 사후에 같은 묘지에 묻히는 것을 전제로 교류하는 '무덤 친구'라는 모임도 있으며, 연명 치료 여부, 장례절차, 지인에게 전달할 편지 등의 유언을 미리 기록하는 '엔딩 노트'도 유행이라고 한다. 차를 마시며 편안한 분위기에서 진지하게 죽음을 얘기하는 '데스 카페(Death cafe)'도 있다. 이는 생의 아름다운 고별을 위한 웰다잉(Well dying) 활동들인 것이다.

일본의 대기업 고마쓰의 안자키 사토루 전 회장(80)은 지난달

20일 생전에 장례를 치르겠다는 광고를 신문에 냈다. 광고 형식부터 내용까지 모두 그가 직접 준비했다. 아직 건강할 때 그를 아는 많은 사람에게 감사의 마음을 전하고 싶다는 그의 고백이 담겨 있다. 조문객 1,000여 명을 초대해 화제가 된 안자키의 '생전 장례식' 광고는 이랬다.

> 감사의 모임 개최 안내.
>
> 저 안자키 사토루는 10월 초 몸 상태가 좋지 않아서 병원에서 검사를 받아보니 예상치 못하게 담낭암이 발견됐습니다.
>
> 게다가 담도, 간장, 폐 등에 전이돼 수술은 불가능하다는 진단을 받았습니다.
>
> 저는 남은 시간을 삶의 질을 우선시하고자, 다소의 연명효과는 있겠으나 부작용 가능성도 있는 방사선이나 항암제 치료는 받지 않기로 했습니다.
>
> 1961년 고마쓰에 입사해 1985년 대표이사가 된 위 1995년 사장에 취임, 회장을 거쳐 2005년 현역에서 은퇴했습니다. 40여 년간 여러분에게 감사의 마음을 전달하고자 아래와 같이 감사의 모임을 열고자 하니 참석해주시면 저의 최대의 기쁨이겠습니다.
>
> 회비나 조의금은 불필요하며 복장은 평상복 혹은 캐주얼 차림으로 와 주십시오.
>
> – 고마쓰 전 사장 안자키 사토루

"죽는 것은 힘든 일이지만 인생을 충분히 즐겨왔고 수명에도 한계가 있다. 마지막까지 몸부림치는 것은 내 취향과는 맞지 않는다고 생각했다."

안자키 전 시장의 생전 장례식은 일본 사회에 큰 반향을 일으켰다.

우리나라에도 비슷한 사례가 있다. 수필가이자 교육자인 남곡 이병희는 서울의 어느 미술관에서 자신의 세 번째 장례식을 치렀다. "내가 죽으면 문상객들이 부조금 들고 찾아오겠지만 그게 무슨 의미가 있을까요. 와봐야 나를 볼 수도 없을 텐데." 그는 지금까지 살아오는 동안 감사의 마음을 전하고 싶은 1,000여 분 정도의 지인들에게 죽기 전에 밥 한 끼 대접하려는 생각으로 계획을 세웠다고 한다. 연암 박지원도 노환으로 거동을 할 수 없게 되자 약을 물리치고 술상을 차려 친구들을 불러 모았다는 이야기가 있다. 생의 마지막을 애통함이 아니라 유쾌함으로 그 인연을 마무리하고 싶었던 것이리라.

생로병사(生老病死)는 어느 누구도 벗어날 수 없다. 잘 살고 오래 살고 싶은 것이 우리의 소망이지만 그러나 피할 수 없는 것이 '죽음'이다. 탄생이 축복이라면 죽음은 숭고해야 한다. 그러기 위해서 '죽음'에 대한 마음의 준비와 사회적인 인식의 변화가 필요한 시기라고 생각한다.

'현재의 삶을 즐겨라.'라는 '까르페디엠(Carpe diem)'도 중요하지만 '늘 (자신의) 죽음을 기억하라.'라는 '메멘토 모리(Memento mori)'도 함께 기억해야 한다. 물론 삶은 죽음과 맞닿아 있다. 현재를 충실하게 살아가는 것이 죽음에 대한 가장 확실한 대비가 되겠지만, 그 죽음을 맞이하는 절차에 대한 개인적이고 문화적인 인식을 재고해 볼 필요가 있다고 생각한다. 나는 생전 장례식을 꼭 치를 계획이다. 내 삶에 함께했던 사람들을 초대해 마지막으로 감사의 마음을 전할 것이다.

> 자기가 살아온 인생을 마감하는 방식을 스스로 결정하는 것은 인간이 마지막으로 누릴 수 있는 행복일지 모른다.
>
> 죽음은 한 인간의 오디세이를 마감하는 마지막 미션이다. 그 마지막 순간을 어떤 방식으로 맞이하느냐에 따라 한 번뿐인 인생을 아름답게 혹은 고통스럽게 마무리하게 된다.

– 『편안한 죽음을 맞으려면 의사를 멀리하라』 중에서

언젠가 닥쳐올 내 장례를 가급적 유쾌하게 비장하지 않게 치를 수 있다면 얼마나 좋을까 상상해본다. 장례 문화는 우리의 전통이지만 장수 시대를 맞이하여 이제는 변화가 필요하지 않을까 생각한다. 죽음은 예고 없이 닥친다. 그렇기 때문에 적절한 시기에 세상과 어떻게 이별할 것인지를 미리 계획하고 실행할 필요가 있지 않을까?

오늘은 컴퓨터 앞에서 근 7시간을 꼼짝없이 앉아서 죽음에 대한 이런저런 상념에 빠져 있었다. 창밖에는 벌써 어둠이 검은 장막을 치고 있다.

내일은 오전에 어린이집 원장님 대상으로 강연을 하는데 꼭 질문 하나를 던져야겠다.

"여러분은 이 세상 소풍 끝내는 날 뭐라고 말 하실 건가요?"

당신이
스토리텔링이다

편 낸 날 2018년 5월 3일

지 은 이 이미향
펴 낸 이 최지숙
편집주간 이기성
편집팀장 이윤숙
기획편집 최유윤, 이민선
표지디자인 이윤숙
책임마케팅 임용섭
펴 낸 곳 도서출판 생각나눔
출판등록 제 2008-000008호
주 소 서울 마포구 동교로 18길 41, 한경빌딩 2층
전 화 02-325-5100
팩 스 02-325-5101
홈페이지 www.생각나눔.kr
이 메 일 bookmain@think-book.com

• 책값은 표지 뒷면에 표기되어 있습니다.
ISBN 978-89-6489-847-5 03810

• 이 도서의 국립중앙도서관 출판 시 도서목록(CIP)은 서지정보유통지원시스템 홈페이지(http://seoji.nl.go.kr)와 국가자료공동목록시스템(http://www.nl.go.kr/kolisnet)에서 이용하실 수 있습니다(CIP제어번호: 2018011892).